リ市街図

F.サン・マルタン
F.サン・トノレ
パレ・ロワイヤル
ルイ十五世広場
サン・ドニ通り
サン・マルタン通り
F.タンプル
タンプル塔
サン・トノレ通り
グレーヴ広場
ルイ十六世橋
パリ市政庁
F.サン・ジェルマン
F.サン・タントワーヌ
シャン・ドゥ・マルス
サン・タントワーヌ通り
シテ島
バスティーユ
アベイ監獄
レヴェイヨン邸
テアトル・フランセ広場
ノートルダム大聖堂
リュクサンブール宮
リュクサンブール公園
サン・ジャック大通り
カルチェ・ラタン
F.サン・ヴィクトル
F.サン・ミシェル
セーヌ河
F.サン・マルセル
❶ テュイルリ庭園
❷ テュイルリ宮
❸ ルーヴル宮
❹ アンヴァリッド
❺ ポン・ヌフ
❻ グラン・シャトレ
❼ 両替屋橋

ヴェルサイユ

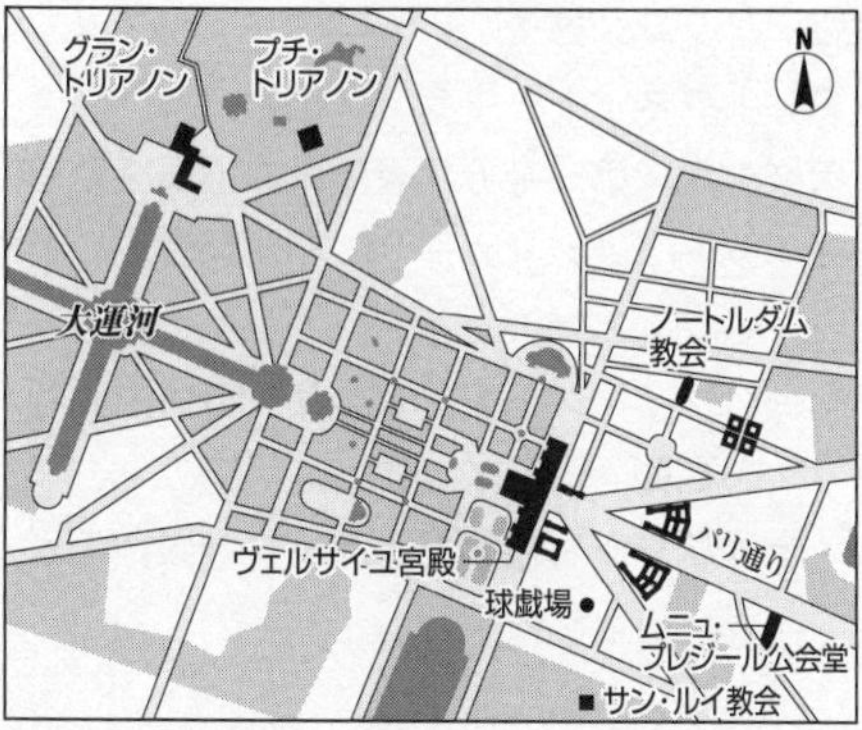
グラン・トリアノン
プチ・トリアノン
N
大運河
ノートルダム教会
ヴェルサイユ宮殿
パリ通り
球戯場
ムニュ・プレジール公会堂
サン・ルイ教会

＊主要登場人物＊

ミラボー　プロヴァンス貴族。第三身分代表議員

ロベスピエール　弁護士。ピカルディ州アルトワ管区選出の第三身分代表議員

デムーラン　弁護士

ネッケル　平民出身の財務長官

ルイ十六世　フランス国王

マリー・アントワネット　フランス王妃

バイイ　天文学者。第三身分代表議員。国民議会初代議長

ラ・ファイエット　アメリカ帰りの開明派貴族。第二身分代表議員

オルレアン公　フランス王家分家の長。自由主義者。パレ・ロワイヤルが私邸

リュシル・デュプレシ　名門ブルジョワの娘。デムーランの恋人

Aux armes! Aux armes!
Prenons tous des cocardes vertes, couleur de l'espérance.

「武器をとれ！　武器をとれ！
みんな、木の葉を帽子につけよう。
その緑色を仲間の証としよう。ああ、緑こそ希望の色だ」
（デムーラン　1789年7月12日　パリ、パレ・ロワイヤル）

パリの蜂起

小説フランス革命2

1――無念

分厚い唇を嚙《か》みながら、ミラボーは苦々しい思いだった。プロヴァンスから急ぎの手紙が届いたのは一七八九年六月十九日夜、つまりは昨夜の話だった。

――父が死んだ。

ミラボー侯爵ヴィクトル・リケティが領地の館《やかた》で永眠していた。

もう立派な老人であり、どうでも信じがたいわけではなかった。ミラボーは訃報《ふほう》に目を走らせるや、ああ、そうかと流して、特に悲嘆に暮れるではなかった。ああ、そろそろ迎えが来て、いいころだ。

六月十九日は聖職代表部会が平民代表部会に同調、国民議会合流の議決に達した、いうなれば第三身分の勝利の記念日だった。興奮さめやらない議員仲間を自らの屋敷に招きながら、皆で祝杯を挙げるほうが先だった。夜っぴて飲んで、大いに騒いで、それが今朝を迎えてみると、なんだか胸のあたりに重さがあるのだ。

——もう少し生きていてもらいたかった。

ミラボーが吐露したからといって、それは亡父を惜しむ気持ちからではなかった。ああ、惜しむわけがない。ましてや悲しいわけがない。

確執ある父子だった。親の愛情らしい愛情を注がれた記憶はなく、子としての敬慕で仰ぎみた覚えもない。心に刻まれているのは、恐怖と憎しみの念だけだ。

——あの男は家では暴君そのものだった。

圧倒的な力で抑えつけるばかりで、こちらの言い分などは、ひとつも聞こうとしなかった。反発してみせれば、それを鷹揚《おうよう》に受け止めるでなく、いっそうの暴力で叩《たた》き潰《つぶ》そうとした。なにせ、あっさり廃嫡《はいちゃく》の措置を講じられる男なのだ。当局に働きかけて、実の息子を投獄することさえ躊躇《ちゅうちょ》しないのだ。

その死を悲しむどころか、この手で殺してやりたいとさえ思った。が、だからこそ、今にしてミラボーは無念を禁じえなかったのだ。

——墓場に足を入れる前に、この俺《おれ》の成功をみせつけてやりたかった。

それは復讐《ふくしゅう》の衝動に他ならなかった。

ミラボー侯爵ヴィクトルという男は、外では開明派の重農主義者を気取りながら、社会改革など志向するところがあった。実際は危険思想として、ときの王家に睨《にら》まれただけだ。あげくが領地に閉じこもりがちになったのだから、あの負け犬と笑われるべき父にして、そもそもが大それた望みだったといわなければならない。ああ、あの男は家では暴君だったのだ。怒鳴り散らせるのは、家のなかだけだったのだ。どんな細かなことでも、自分の思うようにならなければ荒れる、そんな甘えた人間が、天下国家に通用するはずがないのだ。

――下らない男だ。

哀れなくらいに器の小さな男だ。そう看破して、ミラボーは子供の頃から軽蔑《けいべつ》してきた。口惜しくてならないのは、かかる真実を、世に背中を向け続けた父のほうは、少しも理解していないことだった。

――だから、わからせてやる。

父には到底できなかった仕事をなしとげることで、わからせてやる。引き比べた己の小ささを無理にも自覚させてやる。そうすることでミラボーは、憎んで余りある父を膝下《しっか》に跪《ひざまず》かせたかった。悔しさに歯噛みし、屈辱に打ち震え、あるいは息子の報復に恐怖する様を、冷ややかな目で眺めてみたかった。あげくに己の過失を認めさせるのだ。なんとなれば、家門の恥と疎んじた息子こそが、一躍家名を高める大器だったのだ。

――だから、謝れ。

この俺に謝れ。廃嫡したことを謝れ。禁治産の措置を講じたことを謝れ。牢屋《ろうや》に入れたことを謝れ。なかんずく、醜い、醜いと詰《なじ》りながら、怪物と呼んだことを謝れ。そう求めて、父が謝罪したならば、そのとき自分は許せるのか、いくら問うてもミラボーにはわからなかった。ああ、そのときにならなければ、わからない。それなのに、そのときは永遠に訪れなくなったのだ。

――復讐のときは奪われた。

そう呻《うめ》けばこそ、ミラボーは無念でならなかった。プロヴァンス州三部会を翻弄《ほんろう》したとき、マルセイユの暴動を鎮め、エクスの蜂起《ほうき》を収めたとき、あげくが全国三部会の議員に選ばれたとき、あの老父は狼狽《ろうばい》したはずだった。ヴェルサイユでも出色の働きを示していると、そう聞けば恐怖心さえ抱《いだ》いたはずだ。

――だから、逃げたか。

死ねば、もう息子の成功譚など聞かなくて済むと考えたか。根からの卑怯者《ひきょうもの》が、戦わずして勝ち逃げしたというわけか。やはりミラボーは舌打ちを禁じえなかった。ええ、ええ、ですから、伯爵の心中お察し申し上げます。

「本当に、いい加減にしてもらいたいものです」

あからさまに憤慨しながら、話しかけてきたのはロベスピエールだった。顔を向けられたとき、そうした動作の勢いで帽子の鍔《つば》に水滴が伝うのがみえた。それが端まで流れると、玉の雫《しずく》になって落ちた。

六月二十日土曜日、その日もヴェルサイユは雨だった。第三身分代表議員は身を寄せる屋根もなく、またしても濡《ぬ》れ鼠《ねずみ》を余儀なくされていた。

ぞろぞろと群れなして、路傍に立ち尽くすしかないというのは、ムニュ・プレジール公会堂が閉鎖されていたからだった。正門のみならず、裏門までが警備の衛兵で固められ、出入りできるのは道具箱を担いだ職人だけだ。なんでも議場を改装するのだとか。

「みえすいた嘘《うそ》にも程があります」

と、ロベスピエールは続けた。もちろん言葉にして、糾弾するまでもない。

聖職代表部会の決断により、第三身分の勝利が決定的になっていた。ドーフィネ方式による頭数投票では無論のこと、部会毎《ごと》投票で総意を決めるという理屈においても、今や抗《あらが》うのは貴族代表部会のみであり、二対一の図式で第三身分の要求が通るのだ。

いや、今さら三部会の理屈を唱えるまでもなかった。第一身分は合流を決議した。触発されて第二身分からも、開明派を称する一部貴族が合流に動き出している。第三身分の一方的な宣言でなく、国民議会が名実ともに成立する条件が、着々と整いつつあったのだ。

当然ながら、慌てふためく連中がいる。頑迷な貴族代表議員の面々である。部会決議に反対票を投じた聖職代表議員の一部も、昨日の結果を不服として、まだあきらめていないかもしれない。

いずれにせよ、このままでは終わらない。連中の反撃は必至だ。そして、今日の事態なのだ。

ロベスピエールが続けていた。

「まさか陛下が、こんなことをなさるなんて……」

「王の命令は王の命令だろうが、ルイ十六世ご本人を責められたものではないさ」

「ええ、それは伯爵、そうですね。我々を侮辱しようと手を尽くすのは、いつだって悪意の廷臣たちなんだ」

「おまけに今は特権二身分の議員連中からも突き上げられている。陛下としては、ひとまず水入りとするしかなかったのだろうさ」

と、ミラボーはまとめた。実際のところ、決定的な処断が下されなかっただけ、まだ運は尽きていないと、そういう言い方をするべきなのかもしれなかった。

――陛下の優柔不断な性格こそ、こたびは宝だ。

ミラボーが思うに、大多数の貴族代表議員、ならびに一部の聖職代表議員は、大同団結しながら王に働きかけ、国民議会、いや、全国三部会そのものの即時解散くらいは訴えたはずだった。国王政府に楯突《たてつ》いた一昨年来の運動を考えれば、それ自体が敗北に等しい行動である。が、こしゃくな平民どもに譲るよりはマシだという了見のほうが、狭量なだけにいっそう依怙地《いこじ》で、妥協の余地がなかったのだ。

それをルイ十六世は議場閉鎖で済ませた。態度を決めかねたということだ。ブルボン朝の国王のほうも、大胆不敵をもって知られた始祖アンリ四世ではなかったのだ。当意即妙の政治力を持てるでなし、初志貫徹の信念があるでなし、ひとつ取柄があるとすれば、熟慮に熟慮を重ねる臆病《おくびょう》なくらいの慎重さだけだ。

――ならば、こちらには時間が与えられたことになる。

第三身分も負けずに王に働きかけることができる。が、それも裏を返せば、まだまだ時間がかかるという意味になる。かかる事態を喜ぶべきか、悲しむべきか、我ながら珍しいとは思いながら、ミラボーは複雑な気分に捕われた。

「いずれにせよ、辛《つら》いですね」

と、ロベスピエールが続けていた。また議事が空転してしまうと思うと、私は心苦しくてなりません。山積している問題は、ひとつとして解決していないというのに。フランスに暮らす人々は、依然として不幸に喘《あえ》ぎ続けているというのに。

「そうだな」

気のないような返事になったが、実際ミラボーは辛かった。故郷のプロヴァンスに比べるまでもなく、ヴェルサイユは寒かったからだ。もう夏といってよいというのに、雨の一日ともなれば、すんでに凍えるくらいなのだ。

「げほ、げげ」

げほ、げほ、げほ。ミラボーは咳《せ》きこんだ。今朝から喉《のど》に不快感があり、そう思ううちに咳《せき》が止まらなくなった。やはり俺らしくないな。そう心に呻くというのは、どういうわけだかヴェルサイユに乗りこんでから、とみに疲れやすくなっていたからだった。

五月四日の議員行進には間に合わせたが、実のところ、二日、三日と続けて発熱に襲われていた。その巨体を寝台から持ち上げることさえままならず、ためにミラボーは国王謁見を欠席しなくてはならなかったのだ。

「大丈夫ですか、伯爵。ずいぶん苦しそうですが……」

「なに、ロベスピエール君、ただの風邪《かぜ》だよ」

そう答えてやりながら、ミラボーは踵《きびす》を返した。沿道に吐く息を白く泳がせながら、雨に打たれる第三身分代表議員は、いかにも所在なげだった。背中をすぼめ、縮こまり、小刻みに震えながら、ときおり恨みがましい上目遣いで、鉛色の空など眺め回す。みじめであるならまだしも、これでは可哀相《かわいそう》な感じではないか。主人に打ち捨てられた痩《や》せ犬まで連想させるのは、無意識のうちに他人の哀れを買おうとしているからなのか。そういう癖がついてしまっているせいか。

──これでは、いけない。

さすがに、いけない。我々は誰かに尻尾《しっぽ》を振るような飼い犬であってはならない。逆に屋根など必要としない、野生の狼《おおかみ》たろうではないか。三部会という舞台を与えられるに満足せず、自前で国民議会を立ち上げてしまったからには、もう誰かに甘えて、住《すみ》処《か》を与えられようなどとは考えまい。雨を苦々しく思うならば、それを凌《しの》げる洞穴を自らで求めるまでではないか。かかる苛立《いらだ》ちを力に変えると、ミラボーは呼びかけた。

「球戯場《ジュ・ドゥ・ポーム》へ行こう」

皆が一斉に振りかえった。雷鳴のような大声も、それが人々に与える霊感も、まだ健在であるようだ。ああ、いくらか体調が悪くとも、獅子《しし》は獅子だということだ。これからも俺は、やれるということなのだ。

2――球戯場の誓い

沿道の壁に黒い飛沫《しぶき》が上がっていた。水たまりをバシャバシャ踏み越えながら、まさに群れなす議員たちは、ぞろぞろ動き出したのだ。

パリから来た野次馬なのか、選挙区から上ってきた支援者か、いずれにせよ議員ならぬ傍聴希望者の口上で、少なからぬ一般人も続いていた。水増しされたこともあって、時ならぬ人々の行進は一種異様な印象だった。

あるいは圧巻だったというべきか。なにせ数百人もが狭い街路に、ぎゅうぎゅうひしめいているのだ。軍服だとか、はたまた祭りの衣装だとか、派手な輩《やから》が群れるというなら覚えがないでもなかったが、傍聴希望者も含めて、なべて身支度は地味な暗色だというのだ。

「だから、とにかく行ってみよう」

「ああ、皆で行けば、断られることもあるまい」

「球戯場なら近くだしな」

「それに広い。全員なかに入れるぞ」

自ら勧めておきながら、その不気味でさえある行進には、ミラボーもあれと首を傾《かし》げないではなかった。あれ、考えていた展開とは少し違う。どう転んでいくのか、ちょっと読めない風が、意図せず生まれてしまっている。

パリ通りを宮殿の方角に進み、少し折れたところに球戯場はあった。「球戯《ポーム》」というのは、イギリス風にいうところの「ハンド・テニス」のことだ。小さな球を掌《てのひら》で打ち合う競技で、コートを平らに整備する手間がかかるので、王侯貴族にだけ許された遊戯でもある。ヴェルサイユの球戯場にしても、専《もっぱ》ら廷臣の娯楽に供されてきたものだった。競技者はネットを挟んで、左右のコートに分かれなければならない。そのために造られた建物は必然的に、ムニュ・プレジール公会堂に劣らないほど広くなる。

――ただ殺風景だ。

運動を目的とした場所だけに、そこには余計な調度もなかった。片づけ忘れられた球が、いくつか転がっているだけで、玉座もなければ、議席もなく、晴れの国事を思わせる極彩色の装飾もない。

かわりに武骨といえるくらいの石材が、四壁に剝《む》き出しになっていた。そんぶんに球を打ち合えるよう高く造られた吹き抜けの天井も、二階部分に硝子窓《ガラスまど》が嵌《は》められているのみである。

どんより薄暗いのは、その高窓にも幕が引かれていたからだった。どこからか吹きこんでくる風が、それをひらりと大きく泳がせたときだけ、弱々しい光が射しこんでくるばかりなのだ。

――狼の巣穴どころか、無尽の荒野だ。

と、ミラボーは思った。まさしく、なにもない。が、なにもないからこそ、かえって今の国民議会に似つかわしいともいえた。満ちていた気配は荒涼としていながら、同時にどこか荘厳だったからだ。その場所に歩を進めたときから、なにかしら胸を震わせる、ある種の霊感を覚えないではいられなかったのだ。

――だから、まずいな。

さすがに出来すぎだなと、ミラボーは一抹の危惧《きぐ》を覚えた。事実、ちらとみやると、ロベスピエールは神妙な顔つきになっていた。

「少なくとも、ここに差別はありませんね」

そう口走られて、ミラボーは皮肉屋の気分で応《こた》えた。

「ああ、ここには、な」

危惧せざるをえないのは、議員一同の勘違いだった。確かに球戯場には、なにもない。王も、貴族も、聖職者もいない。したがって、差別などありえない。

――いわば、まるでアメリカだ。

公正な理性のみが罷《まか》り通る理想の世界だ。が、ここは大西洋に守られながら、旧弊なイギリスから隔絶されている、いわゆる約束の地ではない。ほんの一歩でも外に出れば、そこは再びのフランスだ。王も、貴族も、聖職者もいて、不可避的に差別がはびこる文明の王国なのだ。

――国民議会が真に戦うべき場所は、そのフランスであることを忘れるな。

誰かが机を探してきた。即席の演台というわけで、よっこらせと登る長身瘦軀《そうく》の馬面は、庶民院を率いるまま、今の国民議会も代表することになっている、議長のジャン・シルヴァン・バイイだった。

「議員諸君、ここに国民議会議長として、私は今日の審議開始を宣言したい」

満場に拍手が起きた。その音は少なくとも一階部分には窓もない四壁に響くと、うわんうわんと木霊《こだま》を起こすほどだった。なるほど、興奮せずにはいられない。国民議会は自らの足で立ち上がり、たどたどしいながらも実質的な第一歩を踏み出したのだ。

――感動できなければ嘘《うそ》だ。

そうは思いながら、やはりミラボーは一緒に感極まることができなかった。がんがん頭が痛いからだ。人々の熱気が鼓膜を震わせるほど、脳髄に楔《くさび》を打ちこまれる思いがするからだ。

「発言を求める、発言を求める」

それはミラボーの苦痛をいっそういたぶるかのような、きんきん甲高い声だった。議長に発言を許されると、かわって演台に登ったのは、地味な風貌《ふうぼう》に反して過激な言動のシェイエスだった。

「ああ、こんな風に締め出されるなら、もうヴェルサイユなどに留《とど》まる理由はない。国民議会は即刻パリに移動するべきと思うが、いかがであろうか」

ざわざわとして、球戯場の空気が落ち着かなくなった。国民議会をパリに移す。そう提案されたことの意味が、よく理解できなかったようだった。

あるいはただちに受け入れられなかったのは、パリに移そうというのは国民議会を牛耳《ぎゅうじ》りたいという、パリ選出議員の横暴ではないかと、のっけから狭量な解釈を寄せたせいかもしれない。

ミラボーはといえば、当然その真意を理解した。要するに庶民の牙城《がじょう》パリは、市民の国アメリカに相通じる場所なのだ。シェイエスの発議は、古いフランスの象徴ともいうべき王宮都市ヴェルサイユを離れることで、これに毒されることのない国民議会の新しさを際立てようという意味だったのだ。

――が、それでは敵から逃げるだけだ。

温室のなかで、ぬくぬく大きくなりたいと、甘えを公言するようなものだ。ミラボーは鼻で笑う気分だったが、それも大方の議員にしてみれば、意味すら取れない話である。パリ選出議員の横暴と、悪意に解釈するのでないとしても、あまりに唐突な暴論に聞こえたのみだ。もとよりヴェルサイユに集まれと触れたのは、フランス王ルイ十六世だったのだ。

特権二身分の高慢が許せないだけで、人民の声にも耳を傾けて下さろうという陛下の慈悲に泥をかけるような真似《まね》は、誰もするつもりがない。

「聞いてほしい、聞いてほしい」

やけに目鼻がはっきりしている優男が現れた。次に発言を求めたのは、ドーフィネ州グルノーブル管区選出のムーニエだった。

ドーフィネ方式のドーフィネから来た議員であれば、三部会政治に先鞭《せんべん》をつけた英雄のひとりということになる。が、さらに革新的な一歩を進めた国民議会にあっては、もはや穏健派という格好にならざるをえない。ああ、そうなのだ。私が思うに、場所は関係ない。

「それどころか、議員が集まるところであればどこでも、そこに国民議会があることになる。どこにあろうと、その討議を誰も妨げてはならない」

ヴェルサイユを離れるというような、具体的かつ直情的な行動には触れることなく、やはりムーニエは穏健派だった。かわりに原理原則だけは手堅く確認して、その発言は現下の情勢においては最も有益なものといえた。ああ、そうだ。大切なのは場所でなく、むしろ決意のほうなのだ。

ムーニエは続けた。

「すなわち、国民議会は王国の憲法がしっかりした基礎の上に制定され、かつまた揺ぎなく施行されるようになるまでは決して解散しないのだと、議員は四囲の状況が求めるどこであろうと集まるのだと、ひとりひとりが厳粛な誓いを立ててはどうだろうか」

球戯場は今度こそ迷わない喝采《かっさい》に満ちた。賛同の声も相次いで、議員は口頭で宣誓するだけでなく、きちんと署名することでも不退転の決意を表明しようと、みる間に話が進んでいった。

「ならば、私が最初に宣誓しよう」

一番手の決行を志願したのは、国民議会議長バイイだった。もちろん議員たちは歓呼で応え、その音声を球戯場の高天井に響かせた。頭痛に悩まされる身には辛《つら》いと、やはり顔を顰《しか》めて左右の耳を押さえながら、ミラボーも認めないではなかった。なるほど、盛り上がるはずだ。なるほど、時宜《じぎ》を得た話だ。すでに三日前に成立を宣言したとはいうものの、国民議会は生まれたての赤子のようなものなのだ。

いや、本当に生まれたのかどうかさえ、誰もが確信を持てないでいる。その不安を打ち消すためにも、新しい命には厳かな洗礼を受けさせなければならなかった。それが全議員による署名宣誓という手続きを取るならば、かかる儀式を通じて内部の団結も一段と強くなるに違いなかった。

——にしても、憲法制定と来たか。

ミラボーは分厚い唇を嚙《か》まずにはいられなかった。

それが悪いというのではない。第三身分の政治参加を政府の気まぐれな恩恵としてでなく、きちんと法に裏付けられた権利として打ち出すためにも、早晩憲法は制定されなければならない。貴族たちの特権、いいかえれば古さという正義にまで制限を加えようと思うなら、なおのこと実定法の精神、つまりは新しさという正義で対抗しなければならない。それはわかる。

——しかし……。

ここで憲法と来たか。今このとき声高にしなければならないものなのか。むしろ、それだけは時宜を得ないといわざるをえないのではないか。ミラボーが溜《た》め息を新たにしたときだった。

「伯爵、あなたが一番に宣誓しても、おかしくありませんでしたよ」

ロベスピエールが話しかけてきた。なんのことかと一瞬だけ首を傾げたが、すぐさま朗々と文言《もんごん》を読み上げる声が聞こえた。国民議会は、王国の憲法がしっかりした基礎の上に制定され、かつまた揺るぎなく施行されるようになるまでは決して解散しない。言葉通りにバイイ議長は、署名宣誓の手続きを実行しているようだった。

「また議員は四囲の状況が求めるどこであろうと集まる」

見守りながら、そばでロベスピエールが続けていた。ええ、ミラボー伯爵、あなたのほうが議長にふさわしいと、私は今でも考えを譲るつもりがありません。

「ミラボー議長というのは、ちょっとした冒険だな。不道徳な放蕩《ほうとう》貴族と、私には疎んじられる向きもないではないことだしね」

ミラボーは自虐の言葉で冗談めかした。ロベスピエールがバイイ、それにシェイエスというようなパリ管区選出の議員に、かねて不満を禁じえない向きは知っていた。かわりの対抗馬として、自分を推すような素ぶりも何度かみせられている。

ミラボーにしてみたところで、我こそ第一人者と自負はある。理想の言葉を述べ立てながら、輝かしい明日を夢みる。それが悪いとはいわないが、やはり弱い。バイイだの、シェイエスだの、ムーニエだの、あるいはバルナーヴ、ラボー・サン・テティエンヌ、ル・シャプリエにいたるまで、この球戯場で主役面している連中などは、いざとなれば臆病《おくびよう》に駆られて逃げ出すような、真面目《まじめ》な勉強家にすぎないではないかと、見下すような気分さえないではない。

実際のところ、そういう連中に任せていたら、今も事態は迷走を続けているはずだった。はん、受け売りの言葉を喋《しやべ》るだけなら、誰にでもできる。というより、このミラボーこそ誰より上手に弁舌を弄《ろう》してみせる。そうやって、強烈といえるくらいの自負は疼《うず》かないではなかったが、同時に認めざるをえない状況もあったのだ。

――プロヴァンスのようには行かない。

そう心に呻《うめ》いたとき、ミラボーは再び咳《せき》の発作に襲われた。巨体を折らなければならないくらいに噎《む》せこんで、すんでに窒息しそうな苦しみのため、顔面が危うく紅潮したことまで自覚できた。

ヴェルサイユに来てから、やはり身体《からだ》の具合が悪かった。医者に診せたわけではないながら、どうやら寝ていれば治るというような、軽い病気ではないらしかった。長年の放蕩生活のツケが回ってきたということか。あるいは体力自慢の無茶働きが祟《たた》ったか。

――いずれにせよ、皮肉な話だ。

人生もこれからというときになって、要《かなめ》の身体がついてきてくれないというのだから。

――ひとりで全部はできない。

プロヴァンスでやったようにはできないと、さすがのミラボーも弱音が増える昨今だった。並外れた肉体にものをいわせて生きてきた人間だけに、その不調は頭で考える以上に自信を揺るがせているようだった。俺が、俺がと前に出なくなったというのも、本当の理由をいえば、この健康上の不安からだったのだ。

――余人で足りる仕事ならば、余人にやらせる。

そう吹聴したからといって、もちろん強がりばかりではなかった。プロヴァンスのようには行かないというのは、もうひとつには王国中から人材が集結しているからだった。鳴り物入りで乗りこんできたバイイ、シェイエスというようなパリ代表、バルナーヴ、ムーニエというようなドーフィネ代表に留まらず、ル・シャプリエにせよ、ラボー・サン・テティエンヌにせよ、各地で厳選された議員は、ほとんど誰もが相応の自負を胸に抱いている輩なのだ。少なくとも、容易に子分にできるような面々ではないのだ。

――ならば、上手に使うことだ。

と、ミラボーは考え方を変えていた。ああ、そうだ。ときに譲り、ときに持ち上げ、ときに煽《おだ》てて、こちらの手が回らないところを穴埋めさせるのが利口だ。仮に思い通りに従わせようとしても、それだけで恐らくは一年や二年は浪費してしまうのだから……。それだけの時間さえ、もう俺には残されていないのかもしれないのだから……。

――となれば、余人には任せられない、この俺こそがやるべき仕事は……。

がんと頭を殴りつけられた気がしながら、不撓不屈《ふとうふくつ》のミラボーは、だからこそ直後に思いついていた。弟子を育てておくことも、また欠かせない仕事なのかもしれないなと。全てを見せ、全てを教え、全てを受け継がせることで、全てを肩代わりできるような弟子を今から育てることこそ、あるいは最大の仕事なのかもしれないなと。

かたわらに立つ小男の痩《や》せた肩に、ミラボーはその大きな手を乗せた。なあ、ロベスピエール君、いずれにせよ、これからが本当の戦いだぞ。

「だから、ちょっとつきあわないか」

唐突な印象を受けたらしく、ロベスピエールは怪訝《けげん》な顔を向けてきた。構わずにミラボーは、ぽんぽんと相手の肩を二度ほど叩《たた》いて、あとは歩き始めた背中に語らせるのみだった。とりあえずは署名宣誓を済ませてくるよ。私にしても副議長なわけだから、ほら、こうしている間にも順番が回ってきた。おいおい、君だって今は宣誓するんだろう。いずれにしても、この集会が引けてからの話さ、私の用事というのは。

3――マルリ街道

まだ雨は止《や》まない。それどころか午後に入ると、ますます勢いが強くなった。

もとより空は重苦しい暗色であり、ろくろく建物もないような田舎《いなか》まで進んでしまうと、水煙のために目も利かなくなる。にもかかわらず、マルリ街道では並木の連なりばかりを頼りに、泥を撥《は》ね上げ驀進《ばくしん》していく馬車が絶えないのだ。

大袈裟《おおげさ》でなく数分刻みの頻度だった。競うように先を急いでいたのは他でもなかった。フランス王ルイ十六世が家族を伴い、マルリ離宮に退いていた。ヴェルサイユを離れたのは、そこで病気療養中だった王太子ルイ・ジョゼフ・グザヴィエ・フランソワが、享年八歳という早すぎる死を迎えていたからだった。

王太子が隠れたのは、六月四日の話である。それとして、もう暦は六月二十日まで進んでいた。マルリ街道に馬車が絶えないといって、お悔やみを申し上げたい廷臣が、ヴェルサイユから大挙移動するのではなかった。先を急いでいたのは、大方が貴族代表議員と、自らの部会決議を納得できない一部の聖職代表議員だった。

ヴェルサイユを逃げ出しても、国事の紛糾から自由になれるわけではなかった。今はそれどころではない、取り急ぎ議場の閉鎖を決めたのだから、しばらく静かにしてほしいと、それくらいがルイ十六世の本音だったに違いないが、追い詰められた議員たちは議員たちで、王子の服喪につきあう余裕などなかったのだ。

連中にしてみれば、王の不決断はただちに敗北を意味するものだった。それを全国三部会と呼ぶにせよ、あるいは国民議会と呼ばざるをえないにせよ、もう多数決というような常識の手続きでは、第三身分に勝ちようがないからである。ここまでの劣勢を覆す手段が残されているとすれば、あとは国王大権を発動してもらうよりないのである。

――もちろん、こちらも好きにさせるわけにはいかない。

多数を占める優位に胡坐《あぐら》をかいているつもりはない。そう心に念じながら、またミラボーもマルリ街道に馬車を走らせた一人だった。

といって、ただちに離宮に乗りこむではなかった。それどころか、馬車を途中の路傍に停《と》めた。それきり車室で腕組みを続けながら、窓の向こうの雨模様を眺めているばかりだった。

同乗していたのが、怪訝《けげん》な顔のロベスピエールである。無理もないのは、つきあえと連れ出したきり、なんの説明も加えていなかったからだ。なにが始まるのですかと、何度か質《ただ》されてもいたが、それにもミラボーは答えず、ただ曖昧《あいまい》な言葉ではぐらかしていた。

——弟子にするなら、ロベスピエールは悪くない。教えれば、素直に聞きもするだろう。が、それだけでは足りない。意地悪くもある沈黙には、本当に役に立つ男かどうか、このミラボーの後継たりうる器かどうか、ひとつ試してやろうという腹もあった。ああ、ただの勉強家では駄目なのだ。頭で組み立てた理想などとは端《はな》から矛盾せざるをえない、この生々しい現実世界の混沌《こんとん》に直面するや、とたん浮き足立つような輩《やから》では使えないのだ。

——思いがけない出来事にも、とっさに即応できるようでないならば……。

御者台《ぎょしゃだい》から手ぶりが送られてきた。ミラボー伯爵、あれじゃございませんか。全体が仰せのような緑色です。

「なるほど、あの馬車だ」

答えるや、いきなりミラボーは扉を開けた。ロベスピエールの瞠目《どうもく》を置き去りに、飛び出したのが街道の中央だった。巻毛の鬘《かつら》を雨に打たせるままにしながら、街道に立ちふさがるように両手を大きく広げると、その緑色の馬車はまさしく懐に突進してくるかの迫力だった。

悲鳴のような馬の嘶《いなな》きが、絶え間ない雨音を一瞬だけ寸断した。時間が停止したような数刻を挟んでから、また世界が動き出した。急停車を余儀なくされた馬車から、怒面の御者が飛び降りてきた。

「おまえ、全体なんのつもり……」

途中で言葉を呑《の》んだのは、こちらの巨体に臆《おく》したということだろう。あるいは漆黒《しっこく》の森から這《は》い出してきた、獅子《しし》そっくりの怪物にでも、出くわしたと思ったか。

皮肉屋の顔で笑みを浮かべていると、こちらの路傍に停車させた馬車からも、ロベスピエールが飛び出してきた。ほお、固まらずに動けたか。呑まれてしまったわけではなかったか。

「伯爵、なんのおつもりです。こんな無茶な真似《まね》をして、その馬車になんの用が……」

ロベスピエールが、そこまで続けたときだった。急停車させられた馬車のほうでも、なにごとかと車室の扉を開いていた。顔を覗《のぞ》かせたのは、おっとり顔の紳士だった。なにか菓子でも食べているかに、いつも口許《くちもと》が弛《ゆる》いような印象は余人ではない。やはり、そうだ。当たりだったなと、ミラボーは口角を笑みに歪《ゆが》めた。

紳士は表情を押し殺してなお、迷惑だと怒鳴らんばかりの内心を滲《にじ》ませていた。

「乱暴はやめてくれたまえよ。なんのつもりか知らないが、こんな真似をしたからには、そちらに非が……」

「あなた、ネッケル」

と、ロベスピエールが口走った。ミラボーが無理にも停車させた馬車は、確かに財務長官ジャック・ネッケルのものだった。

知られては拙《まず》いと思ったか、ネッケルは口を噤《つぐ》み、そそくさと扉を閉めようとした。が、ばっと動いて駆け寄ると、ミラボーは長い腕を伸ばした。がっちり指をかけたからには、もう力ずくにも扉は閉められないだろう。

「ロベスピエール君、急ぎたまえ」

呼びかけながら、ミラボーは財務長官を奥に押しやる強引な動きで馬車に入った。座席に並んだところで、ロベスピエールが飛びこんできて、向かい合わせの席に座した。

二人を止めようとする者はなかった。恐らくは圧倒されたのだろうが、大臣ともあろう御仁《ごじん》の馬車に賊の闖入《ちんにゅう》を許した御者は、その不手際を責められざるをえないだろう。

肝心のネッケルはといえば、特に騒ぐではなかった。不穏な客に驚いたは驚いたに違いないが、端から強盗の類《たぐい》ではないと了解したのだろう。ミラボーは切り出した。

「何度かお会いしたことがあります」

「ミラボー伯爵、でしたな」

ネッケルのほうでも答えた。なるほど、これほど醜い怪物となると、他と見間違えようがないからな。そうミラボーが心に自虐の言葉を続けたというのは、こちらの名前を音にしたとき、大臣の頬《ほお》には嘲《あざけ》りを思わせる微笑が浮かんでいたからだった。落ちぶれた放蕩《ほうとう》貴族め、恥知らずの売文稼業めと、それくらいの言葉も胸には湧《わ》いていたのかもしれない。

あるいは狼狽《ろうばい》を押し隠すための、単なる虚勢にすぎなかったとも考えられるが、いずれにせよミラボーとしては、勘違いを正さないではおけなかった。ああ、まずは紹介にかこつけながら、だ。

「こちらマクシミリヤン・ドゥ・ロベスピエール君、アルトワ選出の第三身分代表議員であられます」

「議員と」

「ええ、私がエクス・アン・プロヴァンス選出議員であるのと同じに」

稲光が車室を駆け抜け、一瞬だけ皆の顔を黄色に照らした。もう俺《おれ》は議員なのだ。ただの放蕩貴族でも、ただの売文稼業でもない。これまでと同じに見下してもらっては困る。そう出鼻に一撃を加えることから、ミラボーは自分の仕事に手をつけた。大臣といえども軽んじてよい相手ではないのだと釘《くぎ》を刺してから、不遜《ふそん》にも命令を先んじた。

「馬車を出せ」

おまえは後からついてこい。ネッケルの馬車の御者、自分の馬車の御者と続けて指示を出すと、ミラボーは再び、どっかり座席に腰を下ろした。さて、と。

がらがら車輪が回る音が聞こえていた。ざばあと泥を撥ねる気配に、地鳴りを伴う雷鳴までが重なり出して、やれやれ、いよいよ大荒れになりそうである。溜《た》め息つきつき、呑気《のんき》に外など眺めながら、こちらが始めようともしないので、ネッケルのほうが痺《しび》れを切らしたようだった。

「どういうつもりだね、伯爵」

「そんな怖い声を出さないでください。あれしきのことで、もしや御気分を害されたのですか。それとも、もともと私は好かれていないということですか」

「好かれていると思っていたかね」

「まあ、少しは」

「呆《あき》れた男だな」

「そうですか。確かに私は財務長官ジャック・ネッケルについて、さんざ悪口を書いてきました。けれど、大臣閣下、ひとつ考えてみてくださいな。あなたは図抜けて人気がある。ほとんど救世主扱いだ。それが悪口であったとしても、あなたについて書かれたものなら、大衆は勝手に食いついてくるのです。いいかえれば、金になる。これほどの好機を作家としては、逃すわけにはいきませんよ」

「なんとも勝手な言い分だな」

「ええ、勝手ですな。告白すれば、私としても辛《つら》かった。あなたについて知れば知るほど、自らの悪口が心苦しくなりましてね。いくら仕事とはいえ、自尊心が疼《うず》きましてね」

「自尊心が疼くというのは、良心の呵責《かしゃく》を覚えたということかね」

「いえ、自尊心です。あくまでも自尊心です。というのも、あなたと私は実は非常に近しいような気がしていましてね」

「近しいですと。およそ共通点もないように思いますがね」

「そんなことありませんよ。それどころか、ほとんど同じことを考えている」

「ほお」

恐らくは意図して自らの言葉を減らしながら、そうすることでネッケルは話の先を促した。こちらにばかり喋《しゃべ》らせて、それを聞いているだけなら、確かに自分の腹が痛むような馬鹿はみない。が、そうは問屋が卸さない。

「ところで、マルリに向かわれるのですな」

やや乱暴にミラボーは話を飛ばした。案の定ネッケルは怪訝そうな、というより不愉快な顔になった。もちろん、そんなもの、端から斟酌《しんしゃく》する気はない。

「大臣として、善後策を王に進言するためですな」

「皆さん、そう思われるようです」

「ところが、あなたがなさろうという進言の中身まで、きちんと心得ている人間となると、たぶん私だけでしょう」

ネッケルは無言のまま、さらには表情まで消した。その静かな仮面も砕けよとばかりに、ミラボーは続けて端的な言葉だけ投げつけた。

「ひとつ、頭数投票を認めるべし。これで第三身分代表議員を宥《なだ》めることができる。ひとつ、三部会を廃して新しい議会を設立し、これにイギリス風の二院制を採用するべし。貴族院と庶民院を区別することで、第一身分と第二身分の反動議員を宥めることができる。ひとつ、かかる譲歩とひきかえに、国王の絶対拒否権を議会に認めさせるべし。そうすることで王の地位は引き続き揺るぎなくなる」

「…………」

「さらに職業の自由、つまりは平民にも官界の門戸を開放するとか、軍隊では士官への道を開くとか、そういうことまで実現できれば、もう第三身分代表議員は、ひとつの異論も唱えなくなるでしょうな」

ネッケルは沈黙を続けた。が、その表情だけは確かに動いた。というより、狭い車室で隣り合う賜物《たまもの》で、動かすまいと必死に努める気配が、はっきりと感じられた。こちらが並べた数々の方策は、財務長官の腹案に重なるところが多かった、少なくとも懸け離れてはいなかったということだ。けれど、別段に驚くような話ではありませんよ。

「ええ、当然の帰結です。政治信条において我々は、かなりなところまで同じなのですから」

「政治信条というのは」

「第一に我々は貴族が嫌いだ」

「嫌いとはいいませんよ。ただ……」

しっと無声音で制して、ミラボーは無駄口を止めた。長たらしい言い訳など、なんの役にも立たないからだ。乱暴なくらいに単純にしておかないと、話は先に進まないのだ。

「第二に我々は今回の大騒ぎを馬鹿げていると考えている」

ネッケルは今度は言葉を返さなかった。聞く気がないのではない。いよいよ興味を惹《ひ》かれた証拠である。用心深く構えながら、こちらの真意を確かめようというのである。

ますます手応《てごた》えを感じながら、ミラボーは畳みかけた。

「ええ、こんな風に大騒ぎするような話じゃない。少なくとも、国王陛下にとっては、もっと単純な話だったはずなのです」

「どう単純なのです」

「やることはひとつ、ただ貴族を廃すればいいんですよ。司教だの、修道院長だの、口うるさい生臭坊主どもと一緒にね。ええ、そもそもは連中こそが、陛下の御意向に逆らってきた不逞《ふてい》の輩だったのです」

4――密談

雨音と雷鳴が交互に強弱を繰り返した。ネッケルは再び無言に退いた。が、先刻までの敵意は消え、警戒心まで弛《ゆる》んできたのが、ミラボーにはわかった。腕組みで虚空をみつめ、それは答えを工面しているようにもみえた。

「ええ、その通りだ。確かに単純だ。が、なによりの問題は、それが簡単ではないということなのだ」

「貴族を廃することが、ですか。連中は一筋縄ではいかないと」

ネッケルは頷《うなず》いた。ミラボーは眉《まゆ》を顰《ひそ》めて、共感を表現してみせた。貴族の政治力は恐るべきものですからな。つい前年までは国王政府を向こうに回して、五分の戦いを演じてきたくらいですからな。こたびの全国三部会だって、連中が召集を強いたものだ。

「けれど、その全国三部会で事態が一変したのです。第三身分という伏兵が、思いもよらない強敵として台頭したのです」

「ええ、そのことについては私も心から喜んでいます」

「本当に喜んでおられますか」

先刻来の協調姿勢を声から一変させながら、ミラボーは疑うような目を投げた。ネッケルが示した小さな狼狽《ろうばい》につけこむように、さらに言葉を投げかけた。なるほど、大臣閣下は確かに喜んでおられるでしょう。が、それは心からではない。

「ほとんど考え方を同じくする我々にして、ひとつだけ違うものがあるとすれば、国政上に有するべき全国三部会の位置づけということになるでしょう。というのも、あなたは財務長官だ。その職責から、最大の目標は財政再建になる。それを達成するためには、改革に反対する特権身分の輩《やから》を打ち負かさなければならない。その手段が第三身分です」

「そんな手段などと……」

「いえ、手段でいいのです。ひるがえって第三身分にいわせれば、こちらにとっては国家の赤字こそが、やはり手段になっているからです」

「なにを実現するための手段です」

「政治参加を実現するための、です。ええ、いうまでもない。我々が全国三部会を歓迎したのは、第三身分がフランスの主役に躍り出るための、少なくとも発言権を手にするための好機と目したからなのです。繰り返しますが、それが今や現実のものとなりつつある。圧倒的な多数派を形成して、もはや我々の考えこそが議会の総意になっている」

「ということは……」

「貴族に政治力はない。それは第三身分にある。我々と組めば、あなたは勝てるということですよ。なにせ利害は合致しているのですから」

ネッケルは唇を嚙《か》んだ。いつも眠そうな大臣が、常なく真剣に思いつめる顔だった。

ミラボーは思う。そろそろ腹を割る覚悟ができたかな。

やはりといおうか、ネッケルは言葉を弾《はじ》けさせた。

「わかっています。わかっています。けれど、いくらいっても陛下が……」

「いうことを容《い》れてくれない。かわりに耳を傾けるのは、取り巻き貴族の甘言ばかりだと、そういうことですな、大臣閣下」

そこでミラボーは咳《せき》をした。話を改める咳払いのつもりだったが、そのまま激しく咳《せ》きこんでしまった。大丈夫ですかと、ロベスピエールが案じる声をかけてきたので、好都合と目で合図をくれてやった。

「なあ、ロベスピエール君、こうした向きには我々にも落ち度があったかもしれないなあ」

「落ち度というのは」

「第三身分は国民議会の成立など勝手に宣言してしまったのだ。今朝には憲法を制定するまで断じて解散しないような話もしている」

王の了解を得ていないという意味で、それも反逆といえば反逆だった。ルイ十六世は違うが、神経質な暴君であったなら、とうに怒りを爆発させていたところだ。

「誤解くらいはなされたとしても仕方がない」

と、ミラボーは続けた。ああ、おっとりと穏やかな王をして、神経を毛羽立たせたとしても不思議ではない。すでにして問題は、フランスを代表する機関としての国民議会を、認める、認めないの域には留《とど》まらなくなっていたからだ。

「例えば、六月十七日の決議です」

その成立を宣言すると同時に、国民議会は国王政府による課税徴税を暫定的に認める決議をなした。裏を返せば、課税徴税を認めないこともありえる。いいかえれば、もうフランス王国はフランス王の好きにはさせないと、そう宣告したも同然なのである。

「今朝の球戯場の誓いにしても然《しか》りだ」

憲法を制定するというが、それはフランスに暮らす全ての人間を位置づけ、規定し、また拘束するものである。フランス王とて、その例外ではない。従前はひとり法を定め、一方的に押しつけるかたわらで、まさに絶対の王者として他の何者にも縛られなかった至高の存在が、これからは憲法の前に跪《ひざまず》かなければならないというのである。

一連の出来事は、すでに国家主権の問題までを俎上《そじよう》に載せ始めていた。が、それも今のところは、こと細かな現象を捉《とら》えて、その理念を突き詰めていけば、という話にすぎない。

「気になされたからには、ルイ十六世陛下は元が繊細な方であられるのでしょう」

皮肉がすぎたかとも思いながら、ミラボーは止めなかった。ええ、悪意の貴族連中が尾ひれをつけて、まさに王政の危機だの、でなくとも第三身分の連中はオルレアン公に王位を渡す気でいるだの、そう御耳《おみみ》に囁《ささや》いてしまった日には、恐れまで抱《いだ》かれてしまうかもしれない。心が追い詰められるあまりに、陛下は叫んでしまうかもしれない。

「国民議会を解散しろと。こしゃくな平民議員どもを追放しろと」

ミラボーの危惧《きぐ》は、そこだった。ひどく単純化してしまえば、ルイ十六世は貴族を取るのか、それとも平民を取るのかと、それが現下の図式である。ここで出方を間違えれば、国民議会は貴族のみならず、王まで敵に回しかねない。

「しかし、ミラボー伯爵、それもこれも我々としては……」

ロベスピエールが割りこんできた。手を差し出して言葉だけ止めながら、ミラボーは大きく頷いてみせた。その通りだ。我々としては、なんら王に敵意を向ける振る舞いではなかった。

「それが証拠に十七日、国民議会の成立を宣言したとき、我々は感激のあまり一体なんと叫んだか。ロベスピエール君、ひとつ財務長官閣下に教えてあげてくれたまえ」

「はい。我々は、こう叫びました。つまりは『国王万歳《ヴィーヴ》』と」

事実として第三身分は、王に歯向かいたいわけではなかった。国民議会は確かに課税徴税の協賛を主張したし、憲法の制定も宣言している。が、王の手から全てを奪おうというわけではないのだ。そんなこと、大それた不忠だとして、大抵の議員は考えたこともないのだ。

一部の理論派にしてみても、志向するところは、こちらの議会、あちらの王とフランスに並び立つ、国家主権の分有であるにすぎない。

「わかりましたか、財務長官閣下。いや、なにも御機嫌とりでいうのではありません。第三身分も馬鹿ではない。国王に背いて、なお勝てるなどとは考えておりません。そもそもが王は神聖な存在であられるし、それに今の陛下は絶大な人気がおありだ。なにより、我々は変革を求めている。この変革に御墨付きを与えてくれるのは、王を措《お》いて他にありえないのです。変わらないものがあるとすれば、それは王だけだからです」

「なるほど」

「繰り返しますが、我々が敵とするのは貴族です。貴族だけなのです。ルイ十六世陛下には変わらぬ忠誠を尽くすつもりでおります。つまるところ、ネッケル殿にお願いしたいのは、万が一にも王に誤解があるとしたら、それを懇《ねんご》ろに解いてほしいということなのです」

「あげくに第三身分に味方するよう働きかけろと、貴族を捨て、平民と結ぶよう説得しろと、そういうことですかな、ミラボー伯爵」

ミラボーは満足げに頷いた。

「その暁《あかつき》にこそ、フランスの財政再建も遂げられましょう」

ネッケルも頷きを返してきた。ええ、わかりました。

「ええ、ええ、そうなるよう、私も努力してみましょう」

「努力してみるだけじゃない」

ほとんど裏返るような声は、ロベスピエールだった。ええ、努力では足りないんです。必ずやってもらえないと困ります。財務長官閣下には、今度こそ成功してもらわないと困るんです。

「すでに一度、あなたは私たちの期待を裏切っているんですよ」

「な、なんのことだね」

「全国三部会の冒頭、あなたが議場に合同審議、頭数投票を提案してくれていれば、こんな風に揉《も》めることはなかったのです。それを財政だけの話にしてしまうから……」

「まあまあ、ロベスピエール君」

と、ミラボーは止めた。落ち着いた声で仲裁しながら、その実の内心では多少の驚きを禁じえなかった。ほお、なかなかいうものだ。生真面目《きまじめ》な情熱だけが取柄かと思いきや、このロベスピエールという男は意外なくらいに激しいものを持っている。

――悪くない。

まずは上々の収穫だと思いながら、こちらは世馴《よな》れた大人として、ミラボーは話をまとめにかかった。ええ、ですから、私も先ほど申し上げているでしょう。

「ジャック・ネッケルという人物は大衆に図抜けた人気がある。ほとんど救世主というほど信奉されている。その人気を後ろ盾に利用すれば、できない仕事などありえない。もっと自信を持ってよろしいと、そういう話なのです、大臣閣下」

「左様ですか」

引き取りながら、ネッケルは気まずい顔になっていた。ロベスピエールが取り上げた一件に関しては、本人としても面目ない思いがあったのだろう。

落ちこまれたままで、マルリに向かわれても困ると、ミラボーは話題を変えることにした。ときに若い時分からの私の悪友で、タレイランという男がいます。シャルル・モーリス・ドゥ・タレイラン・ペリゴール、オータンの司教です。閣下もご存知かもしれませんが、高位聖職者の御多分に洩《も》れない、聖者ならぬ典型的な俗物ですな。

「とにかく、奴《やっ》と四方山《よもやま》話《ばなし》をする機会があったんですが、これがね、なかなか面白いことをいうんですよ」

「面白いというのは」

「こうです。ネッケル財務長官、タレイラン外務大臣、ミラボー内務大臣で内閣を組織して、三頭政治を行うことができたなら、フランスは万事うまくいくんじゃないかなんて」

「ずいぶんと皮肉がきいた冗談ですな」

「半分は大真面目ですよ」

いや、お邪魔しました。座席も濡《ぬ》らしてしまったかもしれない。そう謝罪を入れてから、ミラボーは御者に声をかけた。馬車を停めろ。後ろの馬車が追突しないで済むように、ゆっくりとな。

「それでは財務長官閣下、くれぐれも、よろしくお許らいください。第三身分は王の敵ではない、そのこと、間違いなく陛下にお伝えください」

「伝えましょう」

「健闘を祈っております」

ミラボーは馬車を降りた。いよいよ熱が出てきたらしく、一瞬ふらと足元が覚束《おぼつか》なかったが、その直後に爽《さわ》やかな草の匂《にお》いに気がついた。

いつの間にか、雨が小降りになっていた。とはいえ、足元は変わらない泥沼で、ぬるぬるした冷たさに踝《くるぶし》まで埋まってしまうほどだった。イタリア製の彩色革に東方渡りのリボンをあしらう、その踵《かかと》の高い靴は特注品で、一月《ひとつき》分のパンが買えるくらいの値段がした。が、もう使い物にならんな。そんなことを思いながら、路傍に控える自分の馬車に向かおうとしたときだった。

ロベスピエールが複雑な顔をして聞いてきた。

「半分は真面目なんですか」

「ん、なんだね、ロベスピエール君」

「ですから、伯爵が大臣になるという話ですよ」

ミラボーは答えるかわりに、ただ豪快な高笑いを響かせた。言葉に隠れた真意まで、余さず理解できるようになったなら、そのときはロベスピエールも一人前だな。そんな台詞《せりふ》を胸中で回すほど、気持ちよく笑わないではおけなかった。

5——親臨会議

「こういう真似《まね》しかできないんですかね。こんなことをしても無駄だと、どうしてわからないんですかね」

ロベスピエールは再び怒りの声だった。が、ミラボーが思うに、どこか芝居めいていた。

六月二十三日火曜日、第三身分の議員たち、いや、今や国民議会の議員たちは、ムニュ・プレジール公会堂の裏口前に立たされていた。開会は午前十時、またも入場は裏口からと通達された。腹立ちを覚えながら、なお律儀に時間で集まってみれば、その小さな扉までが内側から施錠されていた。外には銃を担いだ近衛《このえ》小隊も構えていた。

要するに、また議場を締め出された。辱《はずかし》めに辱めを加えられた格好だ。が、ロベスピエール君、そうそう腐るものじゃないよ。他にすることがないのだ。

「連中も完全に追い詰められたという、なによりの証拠じゃないか」

ミラボーも答えるだけは答えた。が、そんな風に励ますまでもなく、ロベスピエールはじめ議員諸氏の表情はといえば、一見して屈辱に打ち震える風ではなかった。表情が窺《うかが》えるだけ、しっかり顔が上がっていたし、のみか白い歯まで目についた。こういう真似しかできない下らない奴《やつ》らだと、相手を軽蔑《けいべつ》できたからだ。それで十二分に埋め合わせられるだけ、もう心に余裕を獲得できているからだ。

談笑を際限なくして、人数が人数であれば、ちょっとうるさいくらいである。無自覚な騒々しささえ無言の圧力に変えながら、第三身分の優位は実際いよいよ動かないようにみえた。六月十九日の聖職部会決議、六月二十日の球戯場の誓いを受けて、確かに特権身分の反動議員たちは反撃を画策した。が、それも形になっているのは、いまだ議場から締め出すという、ひとつ覚えだけなのだ。

六月二十二日、つまりは昨日の朝も国民議会は、ヴェルサイユの路上に投げ出されていた。ムニュ・プレジール公会堂の玄関まで集まってから、日曜を挟んで月曜に再開すると予告されていた会議が急遽《きゅうきょ》延期になったからと、一方的に告げられたのだ。

ならば再び別な場所を探そうという話になったが、貴族たちの恫喝《どうかつ》あったか、宮廷からの命令か、今度は球戯場も固く扉を閉ざしていた。が、かわりにサン・ルイ教会が御《み》堂《どう》を開放してくれたのだ。

聖職部会が第三身分との合流を決めたという、その事実が額面だけでなく、現実の行動になっていた。多数の聖職代表議員が参加して、ともに国民議会を守り立てようではないかと、議場を用意してくれたのだった。

——だから、連中は追い詰められた。

ますます追い詰められて、情勢は悪化の一途だ。もはや趨勢《すうせい》は明らかなのだ。かかる流れで迎えたからこそ、ひるがえって第三身分のほうは余裕の構えなのであり、今また裏口で虐《しいた》げられたくらいでは騒ぎ立てる気にもならないのだ。

「にしても、寒いな」

と、ミラボーは呟《つぶや》いた。その日もヴェルサイユは雨だった。それほど激しい雨ではなかったが、露天で立ち往生なのだから、帽子から、鬘《かつら》から、濡《ぬ》れて冷たくならざるをえない。

——ために震え上がる思いがする。

やはりミラボーは体調がおかしかった。夏の雨だからでは済ませられないくらいに寒いのは、たぶん熱が尋常でないくらいに上がっているからだろう。

すでにして堪えがたい。内心の苛々《いらいら》も抑えがたくなっている。

「バイイ殿、まだ連絡とれませんか」

ミラボーは大声で問いかけた。呼ばれた国民議会の議長はといえば、締め出された議員団の最前列にいて、裏口を固める近衛兵らと交渉の最中だった。ええ、問い合わせておるところです。

「現場の人間では答えられないというので、近衛隊長までは話を通したのですが、それでもわからないということで、今は儀典長ドルー・ブレゼ侯爵につながせているところです」

「儀典長も急ぐべきだな。我々に免職を決議されたくなければ」

議員の列に笑いが起きた。そう仕向けておきながら、ミラボーは自分は笑えないでいた。体調が悪い。が、それ以上に気分が悪かった。あの連中には、こんな下らない真似しかできない。それは一面の事実なのだが、他面この期《ご》に及んで時宜《じぎ》をわきまえようともしない傲慢《ごうまん》自体が、なにか由々しき事態を示唆している気もしたのだ。

考えすぎだとは思いながら、なおミラボーは自問しないでおけなかった。第三身分に侮辱が加えられ続けている。それは少なくとも貴族が幅を利かせている、あるいは利かせる余地が残されているという意味だった。議員仲間と同じように、それまた政治力を奪われつつある現状に苦るあまりの、単なる腹いせにすぎないとみるべきか。それとも週末の運動を経たあげくに逆転を確信した、貴族どもの新たな自信の表れとみるべきか。

「ああ、お揃《そろ》いでしたか」

惚《とぼ》けた台詞《せりふ》と一緒に、裏口が開いていた。それきりで、特に謝罪の言葉はない。鬘に秀でた額とやや厚すぎる化粧も雅《みやび》な細面の廷臣こそ、儀典長ドルー・ブレゼであるらしかった。ああ、ようやくだ。

「今度グズグズしやがったら、クビにしてやるからな」

誰かが冗談口を叩《たた》き、それを笑う声と一緒に、第三身分代表議員は入場していった。

ムニュ・プレジール公会堂の広間に歩を進めると、第一身分、第二身分ともに、すでに着座したあとだった。

だからと、驚くわけではない。いつもながらの差別には、もう腹を立てないとして、それは久方ぶりの全議員集合だった。全国三部会の開会さえ思い起こさせたというのは、三辺を三身分各々の議席に占められながら、残る一辺に百合《ゆり》の花のタピスリーと玉座が据えられていたからだった。

――やはり、親臨会議になったか。

それまた驚くべき話ではなかった。一昨日の日曜には決定されていたともいい、こちらにも土壇場で取り消された昨日の時点で、次回は親臨会議になると通達されていた。でなくとも、事態は王自らが議会に乗りこみ、前面に出ないでは、とても収まらないところまで進んでいるのだ。

――もはや親臨会議しかありえない。

そうした慣習があるわけではなかった。というより、全国三部会にせよ、新たに設立を宣言した国民議会にせよ、そもそもフランス王国には代議制が定着していない。

が、かわりに「親臨法廷」という類似の例を、高等法院の場にみることができた。国王政府が提出した法案を、高等法院が拒否して登記を棚上げにすると、王自らが国家主権の体現者として法廷に乗りこんで、それを最終的に裁断するという手続きがあるのだ。いいかえれば、王が我を通すための伝家の宝刀こそが親臨法廷である。

――してみると、この会議で王は如何《いか》なる我を通すか。

国王ルイ十六世も着座して待っていた。いうまでもなく、陛下の御尊顔を拝するのも久方ぶりなわけだが、その印象は相も変わらず捉《とら》えどころがないものだった。専《もっぱ》らの陰口として、鈍重といい、無気力といい、また優柔不断といいながら、それゆえの表情の乏しさから、どれだけ凝視してみようと、慶事も凶事も読み取ることができなかった。

ならばと他に目を転じてみると、閣僚から、廷臣から、国王政府の面々も、玉座から一段下がったところに横並びで座していた。その顔ぶれを順々に見比べて、あれと首を傾《かし》げてから、もう一巡して確かめれば、さすがのミラボーも舌打ちを禁じえなかった。

――ちっ、ネッケルがいない。

欠席していたのは、頼みの綱と手ずから念押しまでした大臣だった。

いや、そんなはずはない。これぞ分かれ道という大勝負の舞台に上がらず、こそこそ隠れている法はない。舌打ちしてなお、ミラボーは受け入れることができなかった。なんらかの理由で出席が遅れているのか。ああ、緊張のあまりにもよおして、用足しにいったということか。ありえる、ありえる。元が政治家の器でなく、気の小さい商売人でしかないならば、十分にありえる話だ。そんなことを思ううちに、こういうときだけキビキビ動いて、もう国王ルイ十六世が起立していた。

6――最悪の展開

「お集まりの議員諸氏、神の恩寵《おんちよう》によりフランス王たるルイ、その名を与えられた十六番目の王たる朕《ちん》は、まずもって諸氏に敬意と挨拶《あいさつ》を表したいと思う。また朕は本日会議を迎えるまでに熟慮に熟慮を重ねた末に、いくつかの決定を行うにいたったことを公にする。具体的な諸点については、国璽尚書《こくじしようしよ》バランタン卿《きよう》が発表するものと思う」

まるで感情の籠《こも》らない棒読みの宣言だった。ルイ十六世が着座すると、予告された通りに国璽尚書バランタンが登壇した。おもむろに紙片を開き、さらに眼鏡《めがね》を直してから、読み上げた第一声は次のようなものだった。

「ひとつ、陛下は第三身分代表議員が下した諸々《もろもろ》の決定を全て無効となされた」

衝撃的な通達だった。とはいえ、国王政府内で確かに熟慮は行われたようだった。それが証拠に、他方の特権二身分の主張にしても、全面的に容《い》れられたわけではなかった。

バランタンは引き続いて、全ての命令的委任の破棄を発表した。命令的委任というのは、選挙区の有権者が選出議員に公約として課すもので、この場合に問題なのは、特権二身分に頭数投票の採用を禁じた命令的委任のことである。

――これを破棄して、つまりは頭数投票が行われる。

共同審議も行われる。とはいえ、国王政府には第三身分の主張を容れるつもりもないのだ。

空転のきっかけとなった議員資格審査の問題については、バランタンは三身分それぞれで行われるべきことを勧告した。議員資格を認定されなかった者がいて、それが抗議を寄せた段になって、ようやく三身分合同の頭数投票で可否が決せられるというのである。その結果についても、さらに任意の身分部会が、三分の二以上の多数で異議を申し立てれば、国王の調停まで差し戻されるという。

――身分の区別がなくなったわけではない。実質的な部会毎《ごと》投票も行われる。

要するに双方の主張を容れた折衷案だった。バランタンは、まとめた。

「すなわち、共同審議と頭数投票は全体の利害に関する問題についてのみ、これを許可する」

実質的には財政問題についてのみ、ということである。貴族と聖職者に税を課することができれば、それで国王政府は満足だというのである。

事実、バランタンは続けた。

「全体の利害に関する問題からは、三身分の古来の基本法にかかわる権利の問題、向後の全国三部会に与えられるべき組織形態の問題、封建的および領主的所有の問題、上位二身分の実利的権利と名誉上の特権の問題が除外され、また聖職身分の組織と宗教に関する全ての要件については、聖職身分の特別の同意を要するものとする」

議場に拍手が起きていた。いうまでもなく、第一身分、第二身分の議席から起きたものである。

なるほど特権二身分は、あらかじめ覚悟していた最小限の犠牲で留《とど》めた。いいかえれば、行われるのは財政改革ばかりであり、第三身分が求めたような政治改革ではなくなっている。折衷の上辺に反して、つまるところ平民は全ての怒りを黙殺されるのである。

「うるさい」

と、ミラボーは一喝した。勝ち誇るような拍手を際限なくしていた輩《やから》は、まさしく獅《し》子《し》の咆哮《ほうこう》を浴びたかのように、しんとして静まり返った。平民の列など歯牙《しが》にもかけるつもりはないが、あの怪物だけは恐ろしいと、刹那《せつな》は畏怖《いふ》にも捕われたかもしれない。

こちらのミラボーはといえば、もう直後には己を恥じていた。なにせ我慢ならずに、怒りを露《あらわ》にしてしまったのだ。自分を抑えられないのは弱さだ。くらくら目眩《めまい》がするくらいに体調が悪くなって、苛々《いらいら》を内に留める気力まではなかったのだ。

──が、まだ終わったわけではない。

国璽尚書が下がると、ルイ十六世が再び言葉を下賜《かし》するようだった。

「かつて国民のために、これほどの恩恵を施した王はないと朕は考える」

始まりは恩着せがましい断りだった。いっそう嫌な予感に襲われながら、とにかくもミラボーが耳を傾けると、なるほど、フランスの人民は数々の幸福に与《あずか》れるようだった。

「ひとつ、朕は税と国債に協賛する権利、および宮廷費を含むところの様々な公共事業に臨時上納金の使用を配分する権利を三部会に与えるだろう。

ひとつ、朕は特権二身分によって財政負担の平等性が可決されれば、それを裁可するだろう。

ひとつ、残存する賦役貢租《ふえきこうそ》は通常の税におきかえられるだろう。

ひとつ、人身の自由、ならびに出版の自由が保障されるだろう。

ひとつ、州三部会は身分別に選出されるものの、第三身分の定数倍増と頭数投票が認められ、また行政権限までが与えられるだろう。

ひとつ、全国三部会は王領地の管理運営、塩税ならびに消費税の施行、民兵制度、司法制度等々の改革を検討する権限を持つだろう。

ひとつ、全国三部会は国内関税を廃止することもできるだろう」

もうミラボーは吐きそうだった。やはり、政治改革はない。あるのは、無くしたところで痛くもないものばかり選びながら、それを大袈裟《おおげさ》に譲歩と称することで、馬鹿な平民など煙に巻いてしまおうという姑息《こそく》な詐術だけだ。

政治の主体は変わらない。向後も一握りの人間がその権を持ち続ける。いくらか分け前に与れるだけで、第三身分は脇役のままだ。これが主役にならないかぎり、フランスの再生はないというのだ。

政治の行き詰まりには、すでにフランス全土が怒りに燃えさかる体《てい》だというのに、まだ小手先で済まそうとしている。かかる慙愧《ざんき》に堪えない宣言を、いかにも読まされたというような棒読みながら、国王ルイ十六世が自らの声で公にする。が、どうして、こうなる。

――ネッケルの馬鹿者め。

そうやってミラボーは、いよいよ唾棄《だき》しないではいられなかった。遅れたのでなく、やはりネッケルは来なかった。というより、逃げた。この俺《おれ》から逃げたのだ。懇《ねんご》ろに念を押されておきながら、あえなく失敗してしまったからだ。

つまるところ、王は貴族の側に取りこまれてしまった。平民の側に引き抜くことはできなかった。あるいはネッケルも貴族連中に取り囲まれ、ひとつも身動きならなかったのかもしれないが、それでも方法がないではなかったはずではないか。

――大衆の人気を利用しろといったではないか。

平民大臣ネッケルは庶民の希望の星である。我らが救世主と目されている。その破格の人気を後ろ盾に使うならば、貴族を黙らせ、王に決断を強いることとて、決して不可能ではなかったはずだ。

――それとも、所詮《しょせん》は平民というべきか。

そう罵《ののし》りの言葉を替えたとき、ミラボーは絨毯《じゅうたん》の床に向けて、本当に唾《つば》を吐いた。これだから、なめられる。政治は平民の手に余ると侮《あなど》られる。いざという局面で度胸が据わらないからである。

あるいはネッケルは浅はかな言い訳を心に吐いたかもしれない。第三身分のためを計らわなくても、財政再建はできるのだからと。ここで貴族に恩を売り、そうすることで辣腕《らつわん》さえ発揮させてもらえるなら、当代一の投資家として国庫の赤字を魔法のように、黒字に変えてみせられるのだからと。

――馬鹿な、馬鹿な。

そこまで思いつめてから、ミラボーは待てよと自分に言い聞かせた。ああ、待て。ネッケルは努力したのかもしれない。なにせ、この俺が後押ししたのだ。所詮は平民であり、勝負強さは望むべくもないのだからと、きちんと事前に処方してやったのだ。第三身分が味方だと、大衆の人気もあると、さらには大臣の椅子《いす》も安泰だからと励ましながら、ばんと背中を叩《たた》いてやったのだ。ああ、できるかぎりの力を尽くして、ネッケルは王を説得したに違いない。

――それでも、王が聞かなかったとするならば……。

ルイ十六世は続けていた。

「かかる素晴らしい企画を申し出たにもかかわらず、なお議員諸氏が朕を認めないというのであれば、朕は朕のみの力に訴えても人民の幸福をはかるであろう。ただ朕ひとりが自らを人民の真の代表とみなすであろう。どうか注意なされよ。議員諸氏がいかなる計画を立てようとも、いかなる審議を行おうとも、朕が特段の許可を与えないかぎり、法の力を持ちえないということを。最後になったが、議員諸氏には今即刻この場をもって解散し、明朝には各々の身分に割り当てられた部屋に、各々が赴いて、各々で審議を再開するようにと、朕の望みを伝えておくことにしたい」

フランス王の演説は、あからさまな威嚇と高圧的な命令で締《し》め括《くく》られた。つまるところ、王は国民議会に解散を要求したのだ。が、その言葉さえ控えてくれれば、まだしも解釈の余地が残されたものを……。歩み寄りの道なく対立する図式が、こうまで鮮明にならなかったものを……。

――最悪の展開だ。

ミラボーの呻《うめ》きを無視するように、王は玉座に直ることなく、そのまま退場してしまった。あとに閣僚連中が続くと、ざわざわと議席の空気も動き出した。聖職代表議員は国民議会に反対している半数ほどが、貴族代表議員は一部の開明派を除いたほとんどが、そそくさとムニュ・プレジール公会堂を後にした。

7——銃剣の力によるのでないかぎり

あとの議場はざわざわして、やはりうるさいくらいだった。が、今度は表情が暗い。白い歯は容易に覗《のぞ》かず、それどころか唾《つば》が汚らしく吐き出される。

ぞろぞろと列なしながら、王や貴族や聖職者たちのかわりに入ってきたのが、道具箱を担いだ職人連中だった。まっすぐに玉座に向かい、あらためて眺めてみれば、ごてごて執拗なくらいに飾り立てられたそれを、大至急で解体にかかるようだった。いうまでもなく、とんてん、とんてん、作業の音は耳障りである。

「出ていけ、まだ審議中だ」

誰かが怒鳴りつけていた。持ち前の短気から、ル・シャプリエあたりかもしれなかった。が、それをミラボーは確かめなかった。苦しくて、苦しくて、もう顔を上げることもできない。椅子《いす》に蹲《うずくま》りながら、今にも卒倒しそうな自分を宥《なだ》めるほうが先だ。

とはいえ、ひとり取り残される心配はなかった。総立ちになりながらも、周囲は誰ひとりとして、自らの議席から動こうとはしていなかった。国民議会は一人も欠けず、ムニュ・プレジール公会堂に残ったのだ。

事前にブルトン・クラブが根回しして、親臨会議の展開が納得できないものになったら、そのときは善後策を協議しようと打ち合わせができていた。それが自然と始まった。やはり、取り違えようがなかった。ああ、あれほどまでの宣言を投げつけられては、どうでも流せるわけがない。

「しかし、まだ信じられない。陛下は我々の敵なのか。貴族どもの味方なのか」

「まさか、貴族こそ王の敵だったはずではないか。でなくとも、ルイ十六世は先代までのフランス王とは違う。全国三部会を開いてくれた陛下なのだぞ。第三身分の声にも耳を傾けてくださろうという、慈悲深い名君なのだぞ」

「が、それでは我々に下された宣告は説明できまい。ああ、そうだ。ルイ十六世は御自分も特権身分の一員であることを思い出されたのだ。やはりゲルマン民族の末裔《まつえい》であることを、御自《おんみずか》らこそ貴族の筆頭であることを、この土壇場に来て自覚なされたということなのだ」

「まて、まて、落ち着こう。とにかく我々が動じる理由はないんだ。貴族のみならず、王までが敵だとしても、それがなんだというんだ。我々は国民の代表なのだ。それとして、これからも発言していけばよいだけなのだ」

「あのう、お取りこみのところ、たいへん申し訳ないのですが……」

議員たちは一斉に振りかえった。それは外野からの割りこみだった。同道させた近衛《このえ》兵《へい》二人に人垣を分けさせると、足音もなく滑るように進んできたのは、儀典長ドルー・ブレゼ侯爵だった。ええ、そうなのです。大工に苦情を寄せられまして、それで小生が来なければならないことになりました。

「ええと、誰か話ができる方はおられますかな。ああ、なんと申されましたか、議長さんですか、そのように呼ばれている代表者がおられましたな」

「私に、なにか」

と、バイイが応じた。ああ、あなたでした。そうやって指を立てると、ドルー・ブレゼは得意客をみつけたカフェの給仕のような愛想で近づいてきた。

「国王陛下の御意向はお聞きくださいましたね」

声の調子は穏やかながらも、明らかな恫喝《どうかつ》だった。バイイは目を泳がせた。そこは素性が学者であり、紙に文字を書く分には大胆でも、いざ生身の人間を前にしては、躊躇《ちゅうちょ》に捕われざるをえないのだ。

とはいえ、同時に国民議会を代表する議長としての立場があり、へなへな腰砕けになりながら、大人しく引き下がるわけにもいかないようだった。

バイイは儀典長には答えず、かわりに顔を斜めに逸《そ》らして、背後の議員同朋《どうぼう》に確かめた。諸君、どんなものでしょうか。

「我々は議会をなしている国民の代表です。国民を措《お》いて余人からの命令を受けるわけにはいかないと、そう私は考えているのですが……」

水を向けられると、議員一同は一斉に吠《ほ》え立てた。そうだ、議長のいう通りだ。儀典長のごときに命令される謂《いわ》れはない。帰れ、帰れ、おかま侯爵。

ドルー・ブレゼはといえば、なよなよした仕草で両手を耳のところに動かし、ああ、うるさいといわんばかりの表情だった。いやはや、困ったことになりましたねえ。陛下の御意向と念を押しましたのに、これは困ったことになりましたねえ。

「小生といたしましても、なるたけ穏便に運びたかったのですが……」

無論、ドルー・ブレゼに引き下がる様子はない。なるほど、常に王侯貴族と向き合う儀典長にしてみれば、議長など名乗る割には、おどおどしているばかりの学者など、物の数ではなかったのだ。同じ理屈で、いくら議員が皆して声を張り上げようとも、この高慢な宮廷貴族には、なにやら有象無象《うぞうむぞう》の下々が空騒ぎしているくらいにしかみえないのだろう。

そうした全てを窺《うかが》いながら、こちらでミラボーは大きな深呼吸を試みようとしていた。

もはや王の態度は明らかである。どこまでが周囲の働きかけで、どこからが御自身の意志なのか、それは定かでないながら、考え方が一朝一夕に変わるとも思われない。こちらこそ穏便に運びたかったが、こうとなれば手を拱《こまね》いてはいられない。

――一発くらわせないことには、どうしようもない。

心を決めるや、えい、ままよとミラボーは両足に力をこめた。頭が痛い。吐き気がする。本当に立てるのか。刹那《せつな》は弱音もよぎりながら、すぐさま握り潰《つぶ》せたのは他でもない。ああ、まだ俺《おれ》は立ち上がれる。反骨の勢いでなら、どんなときでも立ち上がることができるのだ。

「国王陛下の御意向なら存じておる。誰かが吹きこんだ、あの出鱈目《でたらめ》のことだろう」

第一声から空気が変わったのがわかった。騒いでいた議員たちが口を噤《つぐ》んだだけではない。ドルー・ブレゼの薄笑いも一瞬にして硬直した。やはり、そうだ。まだ俺は獅子《しし》として立てるのだ。

「それとして、話は貴殿の資格に移るのだが、儀典長閣下は全国三部会の舞台に上がって、なにゆえ陛下の代理人を気取れるのだね」

「それは……」

すでにドルー・ブレゼの心は挫《くじ》けていた。その機微を見逃すことなく、ミラボーは今こそと、ずんずん詰めよっていった。ああ、貴殿には、なんの資格もない。ここでは議席も、発言権もなく、したがって陛下の言葉を思い出せなどと、我々に強要することもできない。お門違いであるからには、さっさと帰って、貴殿を遣わした連中に伝えるがよろしい。

「我々は人民の意志によって、ここにいるのだ。銃剣の力によるのでないかぎり、ここから動くことはない」

それぞ議会の誓願なり。背後の議員同朋が続いて声を合わせると、今度こそドルー・ブレゼは狼狽《ろうばい》した。会釈を残すと、それきり海老《えび》のように後ずさりして退室した。

どれだけの貴族であれ用いない、それは本来なら国王の面前から下がるための作法だった。が、あながち心得違いというわけではない。なんとなれば、国民議会は王に劣らぬ国家の主権者なのである。王と同じに遇されて、理屈としては奇妙なところもないのである。

――指導者さえあるならば、その力とて途方もない。

そのことを伝えるがよいと、ミラボーは遠ざかる儀典長に、くどいくらいの因果を含める思いだった。

とはいえ、わかっていないのは、なにも敵さんばかりではない。

「さあ、国民議会の審議を始めようではないか。我々は昨日までと寸分変わらぬ我々であり続けているのだから」

場を改めたのは、シェイエスだった。やっぱり、わかっていないな、この坊さんは。ミラボーは苦笑ながらに心に続けた。まだまだ俺は倒れるわけにはいかないようだ。なんとなれば、昨日と変わらないなどと、なんと無邪気な物言いだろうか。なのに絆《ほだ》され、国民議会の騒ぎ方ときたら、いよいよ勝鬨《かちどき》を上げるようではないか。

こちらに駆けよってきながら、ロベスピエールまでが感動顔だった。ミラボー伯爵、なんと痛快な台詞《せりふ》を回されたのです。いや、素晴らしかった。伯爵の言葉は歴史になります。いや、きっと不朽の伝説になりますよ。そう口走るくらいの興奮に、いきなり冷水を浴びせるように、ミラボーは抑揚のない口調で突き放してやった。

「ロベスピエール君、全体なにに浮かれているんだね」

「えっ」

「私の言葉というが、なにも聞いていなかったようだね」

「なんのことです」

「銃剣の力によるのでないかぎり、という件《くだり》だよ」

「ええ、見事な譬《たと》えでした」

「譬えじゃない」

「…………」

「これから戦争が始まるのだ。文字通りの戦争が」

ミラボーは突進する勢いで、覚めやらぬ興奮の渦も中央まで割りこんだ。持ち前の小山の巨軀《きょく》と、よく通る声の響きに利しながら、今こそと皆の注意を喚起した。ああ、聞いてくれ。議員諸君、私の話を聞いてくれ。

「緊急動議を行いたい」

「それというのは、なんだね、伯爵」

議長のバイイが受けた。発言の許可は得られたと解釈して、ミラボーは呼びかけた。

「私は国民議会議員の生命身体は不可侵であることを訴えたい」

これを侵すものは国家への反逆者であり、何人《なんぴと》たりとも許されない旨の宣言を採択して、これを世に知らしめたい。そう訴えかけながら、ミラボーとて多くを期待したわけではなかった。それどころか、ほとんど無駄だと思う。ほんの気休めにすぎないとも、もう手遅れだとも、すぐに絶望に傾いてしまう。それでも提言しないでいられなかったのだ。

「いくらかでも牽制《けんせい》になるならば……」

そう口許《くちもと》に呟《つぶや》くほど、ミラボーには軍靴《ぐんか》の足音が今にも聞こえるようだった。

8――暴力

――そういうことだったのか。

今さらに理解して、ロベスピエールは震撼《しんかん》していた。議員の生命身体の不可侵であることを宣言して、国民議会が今日まで遂げた成果を確かなものにしたい。そう一番に訴えたミラボーの洞察力にも、同じく驚嘆の念を禁じえなかった。

親臨会議の直後に発議が行われたときは、正直ミラボーの意図がみえなかった。いや、ロベスピエールのみならず、ほとんど全ての議員が唐突な感じを受けたに違いない。

実際のところ、議長バイイからして、はじめは難色を示した。

「いや、ミラボー伯爵が仰《おっしゃ》ることはわかるのです。ええ、ええ、原則論としては、全くもって正しいと思います。ですから、反対というわけではありません。しかし、今このとき決議するというのは、如何《いかが》なものでしょうか。というのも、我々は国王政府に一方的な通達を押しつけられたばかりなのです。儀典長ドルー・ブレゼ侯爵には恫喝《どうかつ》のような真似《まね》にも及ばれております。ここで件《くだん》の宣言を採択するのでは、我々が臆病風《おくびょうかぜ》に吹かれたとも取られかねない」

やりかえす声も満足に出せなかったくせ、よくいう。そうは思いながら、ロベスピエールにしても状況判断そのものは、バイイと全く同じだった。

対するにミラボーは、毅然《きぜん》と答えたものだった。なに、用心に越したことはありますまい。陛下の御耳《おみみ》にけしからん話を囁《ささや》く輩《やから》には、あらかじめ釘《くぎ》を刺しておいたほうが賢明だというのです。

「だいいち、ここで私の意見が容《い》れられないとするならば、バイイ議長、あなたを筆頭に議員も六十人ほどが、今夜のうちに逮捕されることになりますぞ」

広く知られたところ、ミラボーは投獄経験者だった。バリトンさながらに重々しい声の響きも、そのときは平素の迫力に増して、ほとんど凄味《すごみ》すら感じさせた。

とはいえ、特殊な人生を歩んできた人間だからこそ、必要以上に過敏になるという理屈もある。議員たちの間では大袈裟《おおげさ》なという呟《つぶや》きが、なおも重ならないではなかった。が、そうやって議論を喧《かまびす》しくするうちに、無邪気な楽観は粉々にされてしまったのだ。

ムニュ・プレジール公会堂に、近衛《このえ》三小隊が送られてきた。銃剣の力によるのでないかぎり、などと威勢のよい台詞《せりふ》を回すならば、ええ、御所望の武器を突きつけてさしあげましょうと、それが国王政府の有体《ありてい》な返事というわけだった。

物々しい軍服に改めて即時の解散を要求されれば、今度は国民議会も全員が硬直した。慌てず騒がず、なすべきことを心得ていたのは、やはりミラボーだけだった。

「諸卿《しよきよう》、さあ、あなた方の出番だ」

ミラボーが呼びかけたのは、開明派と呼ばれる一部の第二身分代表議員たちだった。ラ・ロシュフコー公爵、リアンクール公爵、ラ・ファイエット侯爵というような数名の貴族たちは、親臨会議が閉会した後も、国民議会と一緒に居残りを決めていたのだ。

かかる錚々《そうそう》たる面々が玄関で応じるや、実際に近衛兵は躊躇《ちゆうちよ》した。もちろん現場に居合わせたわけでなく、その詳《つまび》らかな様子をロベスピエールは知らない。が、ミラボーの読みと開明派貴族の報告を総合すると、近衛兵はこしゃくな平民議員どもを蹴散《けち》らしてこいと命じられただけであり、貴族まで押しのけてよいと許可されたわけではない、少なくとも現場の将校では対応を判断しかねると、そういう運びになったらしかった。ほどなくして、近衛隊は引き上げた。少なくとも、いったんは引き上げた。その隙《すき》に急ぎ再開された審議において、ミラボーの発議が容れられたのは当然だった。賛成が四百九十四票、反対が三十四票という、圧倒的な大差をもっての可決だった。

それから数時間がたつ。もう午後に入っていたが、今もってムニュ・プレジール公会堂の議員たちは、ほとんどといえるほど数を減らしていなかった。怒面を露《あらわ》に激昂《げつこう》するものあり、笑顔で虚勢を張るものあり、あるいは頭を抱えて煩悶《はんもん》するものありと、それぞれ表現の仕方は違いながら、いずれにせよ審議が行われているわけでなく、ざわざわと勝手な私語ばかりを際限なくしている感じだった。

国民議会議員の生命身体は不可侵である、これを侵すものは国家への反逆者であり、何人《なんぴと》たりとも許されない。そうした旨の宣言が、大急ぎで活字に起こされ、印刷に回されることになっていた。即席にも世論を仕立てて、国王政府に圧力をかけなければならないからだ。刷り上がり次第、市街地に、宮殿に、あるいは近郷近在に大量配布する予定にもなっていて、議員が議場に留《とど》まり続けるというのは、かかる人海戦術のために待機しているからだった。

――でなくとも、解散する気にはなれない。

皆が不安に駆られていた。近衛隊が戻ってくるのではないか。上に問い合わせたあげくに、貴族もろとも議員という議員を逮捕しろと命令を新たにされて、今度こそ否応なく連行しようとするのではないか。そのことを考えると、とても立ち去る気にはなれなかった。個々がバラバラに動いて、旅籠《はたご》で寛《くつろ》いでいるところを、あるいはカフェで議論しているところを襲われでもしたら、それこそ抵抗のしようがないのだ。

――ちょっと想像しただけで、怖くて、怖くて、震えが止まらなくなる。

かたかた落ち着かない指先を押さえるためにも、ロベスピエールは爪《つめ》を嚙《か》む悪癖を我慢しようとしなかった。

土台が小柄な部類であり、体力には自信がない。一騎当千の立ち回りなど、男性特有の浪漫《ロマン》としても夢想できない。してみると、なけなしの自慢にしてきた言論までが、とたん見る影もないほど萎縮《いしゅく》してしまったのだ。

ロベスピエールは椅子《いす》に蹲《うずくま》るままだった。頭上を往来している議論にも、やはり参加する気になれなかった。

「大体が近衛兵を差し向けるなど、許される話ではないぞ」

「いうまでもない。我々は議員なのだ。人民の代表なのだ。フランスそのものといってもよい」

「誰の差し金なのかは知らんが、まさしく連中はフランスに反逆したも同然だ。法律用語を用いれば、我々は国家の主権者ということになるのだからね」

法律用語を用いれば、ね。つまりは、ほんの紙の上の話では、ね。無言で皮肉を呟きながら、もうロベスピエールは泣き出したいくらいだった。なにを、どう論じたところで無駄だからである。いざ銃剣を向けられれば、どのみち黙るしかなくなるからである。我々は国家の主権者なのだと、どれだけの大声で唱えたところで始まらない。現実には主権者などではないからだ。

――未《いま》だ主権は王の手の内にある。

王を王たらしめている、いいかえれば一国の支配者たらしめている理由が、今こそ痛感されていた。それは王が正しいからではない。このフランスにおいては、誰より強いからなのだ。有体な言葉を使えば、武力を発動できるからなのだ。

――国家の本質とは暴力に他ならない。

ロベスピエールは摂理に開眼する思いだった。

なるほど、王には正しさも求められるだろう。誰も悪人と後ろ指さされたくはないからだ。それは王とて同じなのだ。かかる心理に一縷《いちる》の望みがあればこそ、議会もミラボーの発議を容れた。フランス人民の代表である議員に手を出すことは許されない。そう宣言することで、世論を形作ろうとしているのも、それが圧力として働くからだ。しかし、だ。

聞き入れるか聞き入れないかは、つまるところ、王の考え方ひとつだった。大臣だの、顧問だの、取り巻きに巧みな甘言を弄《ろう》されてしまえば、それも瞬時に覚束《おぼつか》ない話になる。

――でなくとも、正しさなどは言葉にすぎない。

国民議会を武力で弾圧しようとも、その悪を飾り立てて、正義に繕いなおす言葉など、いくらでも紡ぎ出すことができる。冷血非道の暴君も、後世の歴史書には大胆不敵な名君として、全く別に描き出されてしまうのである。

だから、王には逆らえない。圧倒的な武力を握られては、支配者と仰ぎみるしか術《すべ》がない。

——抗《あらが》えるだけの力がないかぎり……。

吐露するほどに、ロベスピエールは無力感に打ちのめされた。そんな力は議会にはない。それを古代ローマ風に「人民」と呼ぼうと、あるいはフランスという国に重きを置いて、「国民」と呼ぼうと、あるいはアメリカ流に「市民」と呼んでみたところで、名もない人々の手には与えられていないのである。

王を向こうに回しながら、それが貴族であれば、まだしも反抗できないわけではなかった。いわゆる財政の平等性を焦点とした昨年来の闘争も、今にして思えば、貴族が中世騎士の末裔《まつえい》として、武力を振るう伝統を有していればこそ可能だった。ただの観念論でなく、実態としても貴族は、将軍として、指揮官として、軍部に不動の地歩を占めている。

——追い詰められた国民議会にあっても、貴族ならば……。

自らの呟きに胸を突かれて、ロベスピエールは顔を上げた。ああ、そうだ。貴族ならば、なお戦えるのかもしれない。直後には縋《すが》る思いで議場の四方を見回したが、生真面目《きまじめ》な黒装束ばかりの頼りない風景に、再びの絶望を強いられるばかりだった。孔雀《くじゃく》を思わせる派手な衣装で、開明派貴族なら何人かみつけられた。錚々たる面々ではないかと、いくら自分に言い聞かせても、これまた安心材料にはならなかった。

——ミラボーがいない。

その喪失感ときたら、なかった。自《おの》ずから暴力を予感させる巨体は、その並外れた迫力に反した頼りなさで、どうと横向きに転倒していた。儀典長を追い払い、国民議会に発議を行い、近衛隊の出動に対しては、開明派貴族たちをけしかけ、まさに八面六臂《はちめんろっぴ》の活躍を示したあと、その場でミラボーは卒倒してしまったのだ。

――ひどい熱を出しておられた。

数人がかりで担ぎ出され、今は屋敷で安静にしているはずだった。が、そうして議場を去られてみると、こんなに心もとない話もなかったのだ。

――いや、甘えてばかりはいられない。

ロベスピエールも一度は肝に銘じていた。なんとなれば、すでにして満身創痍《まんしんそうい》の状態でありながら、他の誰にも真似はできないのだからと、ミラボーは自分の仕事を立派に遂げていったのだ。まだ足りない、議場に居続けてほしいなどと、とてもいえた義理ではないのだ。

――自分で頑張らなければならない。

我こそフランスの代表であり、新しい時代の主役と自負があるならば、なおのこと貴族頼みでは通らない。が、かかる自負も巨大な暴力を前にしては、薄っぺらな紙切れ同然に落ちるのだ。現下の難局は、平民出の小男が法律を鰹《かじ》り、また革新的な思想を学んだ程度では、とてもじゃないが打開しえないものなのだ。できることはといえば、目に涙を溜《た》めながら、がたがた震えていることくらいだ。

「………」

その声が飛びこんできたとき、ロベスピエールは本当に呼吸が止まった。驚きと恐怖のあまり、椅子の上を大袈裟でなく一ピエ（約三十センチ）は飛び上がった。なんとなれば、声は大慌ての駆け足を伴うものだったのだ。叫ばれるような調子からしても、明らかに尋常な事態ではなかったのだ。ああ、大変だ。本当に大変なんだ。

「宮殿のほうが大変なことになっている」

9——思わぬ展開

そろそろ陽が落ちかけて、建物の陰に入れば容易に目が通らないほどだった。が、一歩でも表に出れば、その騒然とした雰囲気は自《おの》ずから伝わってきた。怒号とも歓声ともつかない物音は、途方もない大きさだけを確信させて、それを耳にする者に不安と好奇心を綯《な》い交ぜにした感情を惹起《じやっき》した。

ただ籠《こも》るような風はなかった。建物が左右に屹立《きつりつ》する界隈《かいわい》ではない。騒がしいのは、夕闇《ゆうやみ》もなお紫色の明るさを残している、大きな空のほうだった。やはりヴェルサイユ宮殿だ。そのまま森に連なるような庭園を論じる以前に、建物に通じる前庭からして広々としているからだ。

ムニュ・プレジール公会堂を飛び出すままに、ロベスピエールはパリ通りを駆けた。好奇心が勝ったということか、我ながら不思議なくらいに不安はなかった。騒動であるからには、暴力とも、危険とも、まるきり無縁というわけではないはずなのに、それでも身体《からだ》は動いたのだ。あるいは迷わなかったのは、一種の予感が働いたためだろうか。

宮殿の鉄柵《てっさく》がみえてくるや、もう騒ぎの正体は問うまでもなくなった。人だ。それも遠目には黒い大蛇にみえるほど、沢山の人が詰め寄せているのだ。

——どれくらい、いるんだ。

一緒に議場を出てきた同僚議員にいわせると、少なくとも二千人、いや、三千人は堅いとも、多ければ五千人にも上るという話だった。それだけの人数に声を張り上げられていながら、ロベスピエールは自分でも解《げ》せないくらいに怖いと思わず、今度も迷うことはなかった。

群集に紛れてみると、なべて粗衣の人々だった。日々の仕事に汚れた服は、輝くような絹の靴下とは無縁のサン・キュロット（半ズボンなし）だ。無論のこと貴族でなく、貴族を真似たがるブルジョワでもない。身分をいえば同じ平民であるとはいえ、明らかに暮らし向きを別にする、下流の貧困層で間違いないようだった。

それが前庭を埋めただけでなく、建物のなかにまで雪崩《なだ》れこんでいた。部屋という部屋を満たし、回廊という回廊に行列をなしながら、まさしくヴェルサイユ宮殿を占拠した感があった。

とはいえ、武器を構えるわけではない。看板すら掲げることなく、ただ大声を上げているだけだ。宮殿は誰でも出入り自由の建前があり、あるかぎりは不穏な行動も示していない人々を、さすがの精鋭揃《ぞろ》いの近衛兵《このえへい》も無下《むげ》には追い返せなかったのだ。

――にしても、これは……。

いくつか部屋をつっきりながら、とうとう最奥の鏡の回廊まで進んだときだった。ロベスピエールは立ち止まった。窓の向こうの整然たる庭園は、列なす群集に対の鏡面を阻まれて、今日のところはチラとも姿を浮かべてはいなかった。

――いつものヴェルサイユ宮殿ではない。

壁画の円天井に連なる大理石の柱から、半裸の彫像があしらわれた金燭台《きんしよくだい》の並びから、きらきら透明な光を絶えず弾《はじ》けさせている硝子《ガラス》のシャンデリアから、きらびやかな内装の数々を全て向こうに回しながら、それでも粗衣の群集に負けているような印象は皆無だった。

場違いは場違いながら、ことによると流行遅れの野暮より、はるかに気が利いている。世に聞こえたヴェルサイユ宮殿が、一瞬にして道化に落とされたようでもある。ほとんど痛快とも覚えながら、いよいよロベスピエールは身体が軽くなったように感じた。

その群集は少なくとも敵ではなかった。小ブルジョワという線まで出世しているとはいえ、こちらも土台が貧しい孤児にすぎないのだ。なるほど怖くはなかったはずで、いざ人波に揉《も》まれてみれば、かえって強く覚えたのは同胞意識のほうだった。

それで、これはどういうことだ。あなた方は誰で、全体どこから来たというのか。

「パリからに決まってらあな」

居合わせた数人が答えてくれた。話を総合してみると、ヴェルサイユに押しかけたパリの人々は、傍聴人というか、野次馬というか、はじめから議会見物に詰めていた連中だけではなかった。

むしろ大半が新たに詰め寄せた人々だ。夕刻に近づくにつれて増えたのは、六月二十三日も午前に行われた親臨会議の模様を伝えられ、それから行動を開始したからのようだった。

「なるほど、パリからヴェルサイユまで、歩けば六時間かかる」

それだけの道程を踏みこえながら、わざわざやってきたからには、もうじっとしてなどいられなかったということだろう。なるほど、傍観に甘んじられるはずがない。国王は第三身分に不利な回答を突きつけたのだ。国民議会は解散を迫られ、かたわらで鼻持ちならない聖職者たち、貴族たちは、特権的な地位に留《とど》まり続けるというのだ。

なかんずく衝撃をもって受け止められたのが、その親臨会議を財務長官ネッケルが欠席したという事実だった。

「まさか罷免《ひめん》されたのではないだろうな」

「いや、俺《おれ》はフランスから追放されたと聞いている」

「馬鹿な、ネッケル様なくしては、フランスは立ち行かんぞ」

「ああ、こんな出鱈目《でたらめ》をやられて、王さまに抗議しないでいられるものか」

パリの巷《ちまた》で囁《ささや》き合い、そうするうちに誰とはなしに動き始めた群集は、自然と数を増しながら、大挙してヴェルサイユに乗りこむことになったようだった。

「王はどこだ」

「フランス語ができるんなら、王妃でも構わないぜ」

「とにかく出てきて、俺たちの話を聞け」

人々が叫んでいたのは、そうした声を届けるためだった。部屋という部屋を満たし、回廊という回廊に行列をなしたというのも、国王夫妻を捕まえて、財務長官の留任を直訴し、あるいはネッケル本人を探し出して続投を懇願したいと、その一心からの話だった。が、かかる善意の人々も、繰り返せば二千人を優に超える数なのだ。

すでにして、明らかな脅威だった。ロベスピエールのように親近感を抱《いだ》くのでなく、これと向き合い、あるいは蔑《さげす》み、また虐《しいた》げてきた立場からするならば、それゆえの報復に怯《おび》える心が、恐慌を来たさざるをえないはずなのだ。

実際のところ、これだけの人間がいても、宮廷の要人と思《おぼ》しき輩《やから》など、ひとりとしてみつけることができなかった。どこか別な離宮に避難したのか。ヴェルサイユに留まり続けているとしても、しっかり鍵《かぎ》をかけながら、与えられた私室に閉じこもっているのだろう。

——仮に声を届けられても、どうなるものでもないのだが……。

ロベスピエールは再び身体に重さを感じた。ネッケルは単に欠席しただけなのか、それとも財務長官の職を更迭《こうてつ》されているのか、その真相を心得ているわけではなかった。また知りたいとも思わない。大臣に留任していようがいまいが、役に立たないことには変わりがないからだ。結論を先送りすることだけが十八番という臆病者《おくびょうもの》は、ならばと懇《ねんご》ろに励ましてやったというのに、やはり仕事を全《まっと》うすることなく、あげくに逃げ隠れする始末だったのだ。

——その許されざる無能をパリの人々は知らない。

平民大臣ネッケルは依然として庶民の希望の星だった。その華やかな偶像は少しも陰ることなく、今も光り輝いている。が、それは間違いなのだ。

皆が信奉してきた改革の勇士など、ほんの虚像にすぎなかった。救世主であるどころか、第三身分の危機を招いた張本人なのだ。どんな夢を託したところで、自分の都合で簡単に忘れるような、軽薄きわまりない投資家にすぎないのだ。

——そうした真実を、わからせてやるべきだろうか。

ひとりひとり群集を捕まえて、ネッケルの素顔を暴露して回るべきだろうか。憤懣《ふんまん》を腹に抱えたまま、ロベスピエールは思い詰めた。苛立《いらだ》ちのあまり、また爪を嚙《か》みそうになった、そのときだった。

回廊の鏡面に響きながら、一閃《いっせん》となって声が走った。露台《バルコン》だ。正面内庭の露台のほうだ。

「そこにネッケルがいる」

「王も一緒だ」

それは王の寝室から進み出られる露台で、鏡の回廊からは背中合わせの位置だった。が、抜けていく大扉には鍵がかけられていた。露台を確かめるためには、またぞろ部屋という部屋を縫いながら、左右いずれかの翼廊を戻らなければならない。

それでも群集は躊躇《ちゅうちょ》しなかった。ことごとくに動き出されて、またロベスピエールも一緒に駆けた。

ネッケルがいる。王も一緒だ。唐突に舞いこんだ報《しら》せが嘘《うそ》なのか本当なのか、誰にも確証はなかった。仮に本当だとしても、なにか夢をみられる相手ではない。そう突き放して考えていながら、ロベスピエールとて走らないわけにはいかなかった。

漠然とした期待感が生まれていた。直前までの絶望を一変させてくれるような、新しい出来事を予感したのか。今もって捨て切れない昨日までの希望を、もしや取り戻せるかもしれないと縋《すが》る未練にすぎないのか。それは自分でも説明できない感情だった。

実際のところ、ネッケルが本当に王と一緒にいるならば、ひとつ挽回《ばんかい》したといえるかもしれなかった。なにせ今朝の親臨会議には、姿を現すことさえしなかったのだ。よいことに貴族は王を抱きこんで、国民議会を切り捨てるよう仕向けたのだ。

——けれど、今再びネッケルが前面に出るとなれば……。

建物の外に出ると、問題の露台はすぐに知れた。正面内庭といえば、高名なのが敷き詰められた白黒の大理石だったが、その光沢を確かめられないほど、びっしり人が詰め寄せていたからだ。

見上げる露台の高みには、なるほど群集に応《こた》えて、大きく手を振る男がいた。ネッケルは泣いていた。本当に失脚寸前だったのか、まさに感涙に噎《むせ》び泣く体だった。が、その背中を守るようにして、今や国王ルイ十六世が一緒なのだ。

鏡の回廊に届いた報せは嘘でなかった。それが証拠に、もう掌《てのひら》で耳を押さえないでは、鼓膜の無事を図れないくらいだった。

「ネッケルばんざい《ヴィーヴ》、国王ばんざい《ヴィーヴ》」

そのとき露台に並んだ二人は、二人ながらの英雄だった。なにやら口を動かしていたが、人々の騒ぎのあまりに、その内容までを聞き取ることはできなかった。ロベスピエールの周囲が喧《かまびす》しくしたところでは、ネッケルが公に向けて永の留任を約束したとか、ルイ十六世が前言に拘《こだわ》らない旨を表明したとか。

——救われたのか。

と、ロベスピエールは自問した。第三身分は救われたのか。国民議会は救われたのか。

圧倒的な暴力に今にも押し潰《つぶ》されんとしていた希望が、まるで魔法でもかけられたかのように、一瞬にして絶望の枷《かせ》を外されたのか。

――とすれば、枷を叩《たた》き壊したのは民衆の力だ。

ロベスピエールは開眼する思いだった。ああ、我々にも力はあった。ネッケルなど期待に値しないとしても、その虚像が人々を強く惹《ひ》きつけるなら、ひとつに結集した民衆は途方もない力になる。

「我々は無力でなかった」

「ちっ、なに騒いでいるのだ、あの馬鹿者め」

さほど大きな声ではなかった。それどころか、人々の興奮に掻《か》き消されて然《しか》るべき、小さな呻《うめ》きにすぎなかった。が、なぜだか耳に届いた言葉は、ロベスピエールの胸を抉《えぐ》るくらいの衝撃を伴わせていた。

ハッとして振りかえると、やはりミラボーだった。御付きの人間に押されて、巨体を車椅子に運ばれながら、依然として体調が思わしくないようだった。顔面蒼白《がんめんそうはく》で、目だけ赤く血走らせ、鬼気迫る形相であったといってもよい。それが口許《くちもと》だけの動きで、まるで罵《ののし》るかの言葉を続けたのだ。

「ネッケルの馬鹿者め、王の目くらましに使われおって」

ロベスピエールは駆けよった。ミラボー伯爵、安静にしておられなくて、大丈夫なのですか。

一番に確かめながら、直後には愚問と恥じた。大丈夫なわけがない。本当なら寝台を離れられない状態なのだ。無理を押して駆けつけたのは、目の前で起きている出来事が、それでも確かめなければならないくらいに決定的なものだからなのだ。

してみると、ロベスピエールには解せなかった。ミラボーは事の推移を明らかに喜んではいなかった。それどころか罵りの言葉を際限なくして、苦々しく思う内心を隠そうともしていない。

「けれど、ルイ十六世は善処を表明したのですよ」

「はん、大方が王妃の金切り声に弱り果てただけの話だ」

とも、ミラボーは断じてみせた。はん、あの卑しい者たちを追い返してほしいと、マリー・アントワネットにキイキイわめかれたのだろう。苦肉の策の慰撫《いぶ》として、王が露台に押し出してみせたのが、平民大臣ネッケルというわけだ。この人気者さえ立てておけば、群集は大人しく引けるに決まっているからだ。

「けれど、ルイ十六世が考えなおしてくれるなら、それも重畳《ちょうじょう》とするべきじゃありませんか。ええ、我々は無力ではなかったのです。民衆の力こそが王に譲歩を強いたのです。それは……」

「なお悪い」

切り捨てると、ミラボーは顎《あご》の動きで従者に命じた。ごつごつしたヴェルサイユ宮殿の石畳に、上下左右と車椅子を揺すられながら、あとは振りかえることもなく、鉄柵の門を出ていくばかりだった。

10——逆効果

ネッケル人気は高まるばかりだった。これという仕事をしたわけでもないながら、衰える素ぶりもないのは、次のようにも評されていたからだった。

「ネッケルが王を改心させた」

王の変節は、少なくとも事実だった。六月二十三日に二転三転をみると、それに勢いづいたように、さらに事態は望ましく展開したのだ。

六月二十七日、ルイ十六世は「朕《ちん》の国父としての目的を達するため」に、聖職代表部会議長、ならびに貴族代表部会議長に宛《あ》てて、国民議会への合流を勧告した。かかる一報が伝えられたとき、ロベスピエールは我が耳を疑わざるをえなかった。

——もはや善処するどころではない。

王は親臨会議でなした通達を、自らの手で反故《ほご》にしていた。なお細かな諸点に関して解釈の余地を残すとはいえ、主だった争点は全て退けられたといってよい。でなくとも、それまで非合法の集会と退けてきた国民議会の存在を認めたのだ。かわりに固執してきた全国三部会には、自ら引導を渡したのだ。

ヴェルサイユは再び歓呼の声に包まれた。同じく宮殿に詰めかけた群集も、今度は楽隊が奏でる曲に合わせて、歌い、踊りという喜び方だったし、不穏な火薬の臭《にお》いさえ、その日ばかりは祝いの爆竹でしかなかった。パリのほうでは花火まで打ち上げられたといい、なるほど、フランスは政治の大転換を迎えたのだ。

それに先立つ六月二十四日には聖職代表議員の過半が、二十五日には貴族代表議員のなかからも、王族オルレアン公を筆頭とする四十七人の開明派貴族が、国民議会に正式な合流を決めていた。王の変節はネッケルの感化というより、かかる既成事実を踏まえた政治的決断だったというのが、議員筋の専らの見方だったが、いずれにせよ、国民議会が新たな地平を拓《ひら》いたことは間違いなかった。

三身分合同の表現として、七月三日には議長の改選も行われた。それまでの議長バイイが退き、貴族代表議員のなかからオルレアン公が推挙されるという一幕もありながら、その辞退で新たに席を占めたのが、聖職代表議員でヴィエンヌ大司教、ジャン・ジョルジュ・ルフラン・ドゥ・ポンピニャンだった。

七月七日には、三十人の憲法制定委員も選ばれた。六月二十日の球戯場の誓いで掲げられていたように、国民議会が本来的に急務とするべき最重要課題は憲法の制定だった。

名前も新たに「憲法制定国民議会」と変えることにしながら、その具体的な手続きにも入ることができたのだ。

従前の難航が嘘《うそ》のような好転だった。雨続きのヴェルサイユにも、ようやく明るい陽が射し始めていた。

「革命はなった」

昨今そうした言葉さえ飛び交わないではなかった。ロベスピエールも同意するところ、少なくとも国政改革くらいは期待してよさそうだった。ああ、これで議事は前進するだろう。山積する問題にも、おいおい建設的な答えが出るだろう。ああ、皆で知恵を出し合うことで、フランスは良くなる。前向きな議論を積み重ねることで、幸福な国に生まれ変わる。

――しかし、本当に信じてよいのか。

かたわらでロベスピエールは、疑念を拭《ぬぐ》いきれてもいなかった。有頂天に喜んでしまうには、あまりに出来すぎているような気がした。全国三部会が開幕してからというもの、不当な侮辱を加えられ、なけなしの期待を裏切られ、落胆に絶望を上塗りするような日々だったのだ。もうひとつも疑わないでいるほど、無邪気にはなれなかった。

なかんずく、ロベスピエールは気にしないでいられなかった。一連の好転を横目にしながら、なお不機嫌な舌打ちを繰り返し、それを歓迎しようとしない男がいた。

「だから、憲法は拙《まず》いといったろう。本当に王が変節したとしても、始まりが民衆の力に屈したものであれば、逆効果にしかならないのだ」

何度か話を聞きに訪ねたが、そのたび苦々しく吐き出して、ミラボーは憚《はばか》りもしなかった。ネッケルの呼び出しを皮切りとする、ルイ十六世の善処という善処は、ほんの上辺だけのもの、人民を欺くための目くらましにすぎないと、それが六月二十三日から一貫している観察だった。

自らに疑う気持ちがあるだけに、もちろんロベスピエールにしても聞くところがないではなかった。が、それだからと行動に移されても、やはりというか、理解できない話ばかりだったのだ。

六月二十五日、パリの選挙人集会、すなわち管区の代表議員を選出した有力ブルジョワ四百人の集会は、その代表ニコラ・ドゥ・ボンヌヴィルを国民議会に派してきた。選挙は終えているものの、なお陳情書が完成しておらず、その推敲《すいこう》のために集会を続けていた面々は、ヴェルサイユの出来事を伝え聞くに、是非にも提案したい儀ができたというのだ。

「すなわち、パリは有志による民兵隊を組織したい」

騒擾《そうじょう》が頻発して、社会不安が増している。ヴェルサイユに押しかけるような暴挙も、向後は未然に防ぎたい。群集を抑えるためには、ブルジョワたちによる自警組織、つまりは民兵隊の活用が最も有効と考えられる。同胞として、暴徒にも情理を尽くした説得ができるからだ。実際にプロヴァンスでは、マルセイユ、エクスと二大都市を震撼《しんかん》させた暴動の鎮圧に、優れた働きを示したと聞いている。そう理由を説明してきたからには、裏にミラボーの教唆《きょうさ》画策ある話だった。

かかるパリの申し出を、こちらの国民議会は戸惑いをもって受け止めた。ロベスピエールにしても、首を傾《かし》げるばかりだった。

実際にミラボーに問いを投げかけたこともある。というのは、どうして群集を抑えなければならないのですか。

「伯爵が今日の改革に懐疑的であられることは存じています。けれど、少なくとも国民議会は危機を脱した。それは民衆の力のおかげではないですか」

「その通りだ。民衆の力を否定するつもりはない」

「ならば、どうして抑えなければならないのです」

「国王政府から口実を奪うためだ」

「口実ですって。一体なんの口実です」

ミラボーの雷が轟《とどろ》くような声の響きは、こちらの内臓を鷲《わし》づかみにしてくるようだった。うっと息を詰まらせたが最後で、もはやロベスピエールは努めて吐き出そうとしなければ、呼吸も満足に続けることができなかった。

七月八日になっていた。六月二十七日の王命で、今や国民議会には三身分が合同しているはずなのに、ムニュ・プレジール公会堂では依然として空席が目についた。議席を疎《まば》らにしていたのは、やはり貴族代表議員だった。国民議会を認めないというのではない。頭数投票に応じる旨を支援者に説明するため、いったん各々の選挙区に戻らなければならないというのが、その日に設けられた連中の口実だった。

ルイ十六世の許可もあり、あながち嘘というわけではなかった。が、これまでも様々に理由を設けて、満足に議場に詰めた例《ためし》がなかったのだ。形ばかり出席しても、投票には参加しないという議員も決して少なくなかったのだ。

上辺の和解に反して、未《いま》だ議場には不穏な空気が流れていた。誰もが感じ取っていながら、それを取り沙汰《ざた》して、あえて掘り下げようとする者もなかった。その煮え切らなさを蹴《け》散《ち》らすように、ミラボーは自ら演台に進み出《い》で、強く議員に訴えてみせたのだ。

「すでに数多《あまた》の連隊が我々を取り囲んでおります。少しずつ集結していた軍勢は、今や公然たる動員で、日ごと新たな部隊の到着をみるような始末です。それが証拠に兵隊どもが、至るところ闊歩《かっぽ》している。一説によれば、パリ・ヴェルサイユ間に三万五千人もの兵団が、あちらこちら分駐しているというのです。さらに二万人が動員されるだろうとの予想もあります。あとには砲兵隊も続いてくることでしょう。我々が要《かなめ》と頼んでいる場所という場所には、砲撃の照準が合わせられつつあるのです」
ミラボーが取り上げたのは、とりたてて誇張もない、厳然たる事実だった。

11――上申書

もはや近衛隊《このえたい》の出動程度に留《とど》まる話ではなくなっていた。ルイ十六世は国境地帯に駐屯していた諸連隊を動員して、着々と手元に集めつつあった。いくら兵隊であるとはいえ、フランス人がフランス人に銃を向けたりすまいと楽観もできないのは、少なくとも三分の一以上がスイス人やドイツ人というような、金で雇われている外国人傭兵《ようへい》で構成されていたからである。

――これが今にも我々に襲いかかる。

ミラボーの正しさが証明されていた。ロベスピエールも確信せざるをえなかった。ああ、ネッケルは目くらまし以外の何物でもなかった。王の譲歩も、みせかけにすぎなかった。油断させておいて、これなのだ。

ルイ十六世が諸将に命令を出したのは、実は六月二十六日のことだったという。三身分の合同を命じたのが二十七日の話であれば、全てを武力で圧殺する手筈《てはず》を整えてから、白々しくも善処を発表したことになる。同二十七日には指揮権を委《ゆだ》ねられたフランス元《げん》帥《すい》ブロイーも、ヴェルサイユ宮殿に到着している。

「なお悪い」

そう吐き出したミラボーは卓見だった。民衆の力を利しては確かに拙《まず》かった。王が決意を固めたのは、もしや六月二十三日の夕だったのではないかと、今やロベスピエールも想像しないでいられなかった。ああ、群集に宮殿を占拠されながら、ルイ十六世には腹を立てる素ぶりもなかった。どころか、宥《ゆう》和《わ》の姿勢を示した。それというのは、この屈辱には遠からず報いてやる、大軍を集めて一気に武断してくれる、動員の時間稼ぎができるなら、唐突な変節も演じてやると、すでに腹積もりできていたからなのだ。

——しかも、王には口実まで与えられた。

隠れもない軍隊の動員について、ルイ十六世は王国の平和と秩序を回復し、それを維持するためであると説明していた。

群集はヴェルサイユに押し寄せただけではなかった。パリでも騒擾《そうじょう》が相次いでいた。なかんずく六月三十日には、四百人の暴徒がアベイ監獄に詰めかけて、不服従の罪で投獄されていたフランス衛兵隊の兵士十数人を、無理にも釈放させるという事件まで起きていた。

このままでは人民の日々の暮らしに支障を来たす。王として、国の安寧を守らなければならない。ゆえに軍隊を動員するというのが国王政府の言い分であり、対するに先手を打とうとしたのが、ミラボーが裏から手を回して立ち上げさせた、パリ民兵隊の計画だったわけである。

わざわざ陛下の御手《おて》を煩《わずら》わせるまでもありません。群集の騒擾などは、こちらのほうで鎮めておきます。陛下の軍隊に出撃いただくには及ばないのです。そうやって口実を奪われれば、王も武力の発動だけは思い止《とど》めたかもしれない。にもかかわらず、かかる意図を国民議会はといえば、十全に汲《く》むことができなかったのだ。

「いや、ミラボー伯爵、もう少し穏便に行きましょうよ」

呑気《のんき》に忠告できたからには、あるいは議員の大半がルイ十六世の改心を信じたということだろうか。

部隊の数を増やしながら、近衛隊は今もムニュ・プレジール公会堂を囲んでいた。群集が万が一にも不穏な動きに出るようでは、大切な議会活動に差し障りが生じてしまう。かかる不都合を避けるために、近衛隊に守らせているのだと、それが国王政府の口上だったが、かくて出動されてみれば、この議場の息苦しさときたら、どうだ。

「かかる軍隊の動員は、人民にとって脅威となっているだけではありません。議会にとっても等しく脅威なのであります。私としては議会の解散こそが、政府側の終極的な目標なのではないかと疑いを禁じえません。事実、今このときも貴族議員は議会を欠席しております。なんらかの陰謀が隠されているのではないかと、そうまで勘ぐりたくなる所以《ゆえん》です」

ミラボーの言葉は、もはや痛いくらいだった。貴族議員がいない。王の許可で欠席している。それも巻き添えにならないよう、事前の申し合わせあっての話ではあるまいか。今度こそ、こしゃくな平民議員を一掃してやろうという……。開明派を名乗るような不良貴族も、この際は仕方がないからという……。

止《や》めよう、止めようとは思いながら、やはりロベスピエールは想像しないでいられなかった。

――手に手に銃剣を構えながら……。

見上げるくらいに大きな近衛兵たちが、今にも議場に突撃してくるかもしれない。地鳴りのような足音が響いて、あっと思う直後には威嚇の銃声が轟《とどろ》き渡り、もう駄目だと両手を上に、こちらが降参の姿勢をとっているにもかかわらず、無駄にいたぶるような拳《こぶし》ばかりは、なおも打ちつけられてくる。痛いだろう。苦しいだろう。が、それでも地獄は始まったばかりなのだ。連行された先の牢獄《ろうごく》には、いっそ殺してほしいと思うような拷問が、待ち受けているに違いないのだ。

「………」

股間《こかん》に、きゅっと縮み上がる感触があった。六月二十三日に近衛隊が出動してきたときも、怖くて、怖くて、たまらなかった。が、今や恐怖は、その比でない。すぐそこに控えているからだ。指揮官の命令ひとつで、いつでも動き出せる状態にあるからだ。

あからさまな恫喝《どうかつ》だけは、すでに現実のものだった。ミラボーは続けた。

「すでに万人周知の事件、なお隠され続けている事情、あるいは秘密の命令、はたまた慌しく覆された命令、というより戦争の準備……、いや、今このとき進められている業を一言でいうならば、全ての人間の目を眩《くら》ませ、と思うや次の瞬間には全ての人間の心を悲嘆と憤激でいっぱいにするような、最上級の悪意といわなければならないのです」

漠然とした言葉を並べられるほど、恐怖の実感は深まるばかりだった。それが証拠に、今や発言を希望する議員がなかった。当たり前だ。怖くて、怖くて、政府に睨《にら》まれるような演説を、どの議員が好んで打《ぶ》ちたがるというのか。

――少なくとも、この私にはできない。

そう吐露したとき、ロベスピエールの奥底に、ぽっと燃え立つ感情が生まれた。悔しい。なんて情けない。それでも自分の高《たか》は認めなければならない。だから、心からの敬意で思うのだ。あえて告発に及べる勇者は、ひとりだけだろうと。フランス中を探しても、この反骨の英雄を措《お》いて他にはいないだろうと。

ミラボーは病欠続きだった。六月二十三日から寝台に伏せたまま、まともに起き上がれないどころか、ときには意識もないほどだった。この七月八日になって、それが再び立ち上がってくれたのだ。議会の場に復帰するや、臆病《おくびょう》に縮こまる四方を残さず睥睨《へいげい》し、他に人がいないと悟るや、自らが迷わず動いてくれたのだ。

――ならば、ついていくしかない。

ひとりで立ち上がれないならば、せめて英雄を支持しなければならない。知らぬ間に伸ばしていた手で、ぎゅうぎゅう股間を握り締めながら、ロベスピエールは必死の思いで心を決めた。ミラボーの演説も発議に及んで、そろそろ幕を閉じるようだった。

「ついては国民議会の名において、王に上申書を提出したい」

人民が抱《いだ》いている不安を解消し、また議会が余儀なくされている疑念を払拭《ふっしょく》するために、集結しつつある軍隊を即時解散させるよう、政府に厳しく勧告したい。そうした言葉が結ばれるか結ばれないかというちに、もうロベスピエールは椅子《いす》を後ろに蹴り飛ばしていた。

「賛成」

裏返る声ながらも張り上げて、またロベスピエールも迷わなかった。ああ、私は心を決めたのだ。たった一人であろうと、ミラボーに賛成しようと。そのために政府に睨まれても構わないと。発言する勇気を持たない贖《あがな》いとして、それくらいの危険は引き受けようと。

してみると、自らを奮い立たせた声は、ひとつでは終わらなかった。

「賛成」

賛成、賛成、賛成。いちいち吠《ほ》え立てるかの勢いで、他の議員も追いかけてきた。がたん、がたんと椅子が倒れる音まで続いたかと思えば、見渡すかぎり議場に拳が突き出されている。賛成、賛成、賛成。皆が手を痛いばかりに打ち鳴らし、その音が木霊《こだま》する壁画の天井を仰ぎ見れば、なにやら無数の紙片までが、ひらひら舞い飛ぶ有様である。

ぎりぎりまで追い詰められた恐怖が、一気に反発に転じていた。なるほど、このままでは恐怖に押し潰《つぶ》されるばかりだ。じわじわと神経を蝕《むしば》まれて、もう心がポキンと折れてしまうまで、ほんの時間の問題になっているのだ。

苦しくて、苦しくて、仕方がない。であるからには、この責め苦を逃れたいと思うだけでも、弾《はじ》けないではいられなかった。英雄として魁《さきがけ》に起立するものがいるうちに、我も続かなければならないと、焦りさえ感じないではなかったのだ。

議場に熱狂が生まれていた。ばらばらの叫びも、ほどなく一つに収斂《しゅうれん》していく。ああ、上申書を提出しよう。王に訴えを届けよう。

「陛下は常軌を逸しておられる。正気を取り戻してもらわねばならない。元通りの慈悲深い名君になってもらわなければ困るのだ。取り返しのつかない暴挙を、ここで思い止めてもらわなければ、金輪際フランスは破滅してしまうというのだ」

ミラボーは爆発する議場に負けない声で畳みかけた。無数の拳が高々と突き上げられて、もう採決の必要などはなかった。

12——返事待ち

ラ・ファイエット侯爵はリオン管区選出の貴族代表議員だった。

マリー・ジョゼフ・ポール・イヴ・ロッシュ・ジルベール・デュ・モーティエ・ドゥ・ラ・ファイエットと、長たらしい名乗りが続くのは、名前を与えた代父、代母が、それだけの数で赤子の洗礼式に並んだという意味である。

すでにして尊い出自を仄《ほの》めかす。実際のところ、ラ・ファイエットはオーヴェルニュ州に伝わる名門貴族の出身だった。

その領地は毎年十二万リーヴルの地代を稼ぎ出すといわれ、またノアイユ公爵家の令嬢アドリアンヌを妻に迎えた関係から、宮廷にも太い人脈を有していた。十四歳で近衛《このえ》銃士に取り立てられるを皮切りに、幕僚長に昇進するまでの輝かしい軍歴にも恵まれている。

とはいえ、ラ・ファイエットの名前を知らぬ者もないほどまでに高めたのは、むしろアメリカでの活躍のほうだった。

人生を一変させたのが、ヨーロッパを遊説していたベンジャミン・フランクリンとの出会いで、おりしもアメリカ植民地が、イギリスからの独立を画策していた時期だった。それが独立戦争に発展するや、血気さかんなラ・ファイエットは大西洋を渡った。自費で軍隊を仕立てると、全くの個人の資格でフィラデルフィアに上陸したのだ。

アメリカ独立戦争に飛びこむや、ラ・ファイエットは「ヴァージニア騎兵隊」を率いて、各地を転戦した。独立なったアメリカ合衆国の初代大統領、かのジョージ・ワシントンと親交を取り結んだのも、この時期の話である。

フランスに帰国して後は「両世界の英雄」と呼ばれるようになった。新世界アメリカと旧世界フランスという、両世界である。フランス軍に破格の待遇で復帰を果たし、また王室からはキンキナトゥス勲章を授けられ、のみならず新聞に取り上げられ、芝居の題材に使われ、すでにしてラ・ファイエットは祖国の生ける伝説なのである。

いや、プロイセン王フリードリヒ二世にはポツダムに迎えられ、負けじと神聖ローマ皇帝ヨーゼフ二世にはウィーンに招待され、その高名はヨーロッパ全土的なものだといってよい。

しかしながら、肝心のフランスでは冷遇も経験した。軍高官の職を解かれてしまったのは、王妃マリー・アントワネットと反りが合わなかったためとされるが、それとして、さすがのラ・ファイエットも途方に暮れた、という話ではない。なんといっても、「アメリカ帰り」も筆頭格なのだ。

自慢の自由主義を前面に出しながら、今度は開明派貴族で鳴らすようになった。全国三部会の議員としては、順当に第二身分の代表として選ばれたため、選挙人の命令的委任に縛られて、国民議会への合流だけは六月二十五日まで遅れた。それでも共闘を申し出れば諸手《もろて》を挙げた熱烈歓迎を受けるのだ。

どう転んでも、ラ・ファイエットは現代を代表する英雄のひとりだった。そういう男が七月十一日、いよいよ国民議会の演台に立った。

「ええ、憲法制定は急がれなければなりません」

別して取り上げた、それがラ・ファイエットの論題だった。

今や憲法制定国民議会であるからには、滞りなく手続きを進めようと、選出された三十人の委員は、すでに条文の起草に着手していた。これと並行して、ラ・ファイエットはじめ、デュポール、ラメット、クレルモン・トネール、ラリ・トランダル、モンモランシー、エギヨン、リュイーヌ、ラ・ロシュフコー、リアンクール等々、新たに合流してきた開明派貴族の面々が、今こそ心の自由主義を遺憾なく発揮するとばかりに、新たな論点を立ち上げる場面もみられるようになっていた。

――が、この御歴々《おれきれき》には、どこか軽薄な風がある。

それがロベスピエールの印象だった。主義主張は理路整然として、さすがに視野が違うと思わせる博識には、嘆息を禁じえない。自らの特権を投げうちながら、なお理想の社会を実現したいとする誠実な熱意にも、一通りでない敬意を覚える。ゆえは遊び半分とはいわないながら、とりわけ第三身分代表議員に比べてみると、ときに不謹慎とも思うくらいに緊張感が欠けているのだ。

――ラ・ファイエットなどは典型だ。

さすがは貴族と思わせる、すらりと大柄な美丈夫だった。豪快な荒武者の類《たぐい》かと思いきや、いつも眉間に寄せている皺《しわ》から、薄化粧が施された頰《ほお》の青白さから、実際には神経質そうな印象さえあった。が、それとして納得だったのだ。ラ・ファイエットの容貌《ようぼう》をいうならば、九月で三十二歳を数えるという実年齢より、ずっと若々しかったからだ。

――あるいは幼いというべきか。

宮廷では不器用な社交下手《べた》で知られたらしいが、それまたわかるような気がした。自身も気が利いた手合いではないが、そんなロベスピエールの目からみても、ラ・ファイエットはひどかったのだ。

演説ひとつ取り上げても、言葉の選び方、声の使い方、独りよがりな早口から、身ぶり手ぶりにいたるまで、万事に行き届かない風があった。それが不愉快でもあるというのは、結果として身勝手な思いこみと猪突猛進《ちょとつもうしん》の勢いだけが、やたらと目につくからなのだ。

なるほど、破天荒な前歴は不思議でない。なるほど、節操なしに、ぴょんぴょん跳ねる。無邪気なくらいに短絡的で、要するに思慮に欠ける。冒険に昇華させる分には拍手喝采《かっさい》も捧げようが、それを議会で通されては癪《しゃく》にさわる。ああ、本当に苛々《いらいら》して仕方ない。

――だいいち、こんなときに憲法だなんて……。

軍隊の動員は続いていた。ムニュ・プレジール公会堂も依然として近衛隊の包囲下にある。緊迫の事態は変わらなかった。が、その脅威も貴族と平民では、自《おの》ずから受け止め方が違うようなのだ。

先祖代々の帯剣の身分であるからには、恐れなど感じないのか。六月二十三日のように、貴族にだけは手を出さないと踏んでいるのか。あるいは単に呑気《のんき》なのか。いずれにせよ、貴族の面々には追い詰められた様子がなかった。

「いや、王に武力の発動を思い止《とど》まらせるためにも、急ぐべきは憲法の制定なのです。王の言動さえ縛る公法こそは、なによりの抑止力になるからです」

大真面目《おおまじめ》な顔をして、そうまで高言を唱えながら、かくて憲法論議が進められていたのである。

はん、銃剣を突き出された日には、どんな条文が書かれていても紙切れ同然ではないか。そう小さく吐き捨てながら、ロベスピエールは腹立たしささえ覚え始めていた。

国民議会が成立した今となっては、そもそも貴族代表議員が幅を利かせること自体が、おかしいとも思う。なんとなれば、貴族などフランス人の一割にも満たないからだ。その代表にすぎないからには、発言権も小さくなるのが本当なのだ。にもかかわらず、こちらの第三身分にも、諸卿《しょきょう》と席を並べられて光栄の極みですなどと、遜《へりくだ》る議員が少なくなかった。いや、本当に腹が立つ話だ。

「まあ、いろいろな奴《やつ》がいるものさ」

第三身分だけでやっていた頃とは違うさ。国民議会も様変わりせざるをえないさ。まとめながら、ミラボーにしても気のない返事だった。自らも貴族であれば、そのことを取り上げて責めることはしないものの、やはり相手にする気はないようだった。ああ、今は憲法どころではない。それでもラ・ファイエットらが張り切るならば、努めて憲法論議を阻止する理由はない。もう議会には他にすることがないからだ。

七月九日、ミラボーが起草した軍隊の即時解散を求める上申書原案が読み上げられ、議員各氏の承認を経たのちに、それを正式なものとして採用することが決議された。翌十日、議会は聖職者、貴族、第三身分それぞれから選出して、総勢二十四名の代表団を組織すると、ヴェルサイユ宮殿に赴いた。これに上申書を提出されると、王は内容を吟味してから回答するということだった。今日十一日のムニュ・プレジール公会堂は、その返事待ちというところなのだ。

「ルイ十六世は、どんな答えを返してくるか」

ほとんどの議員は、もう頭にそれしかなかった。それでも今日にかぎっては、ああだろう、いや、こうだろうと、下馬評を寄せる向きはなかった。近衛隊に囲まれている現下では、冗談に流すこともならないからだが、でなくとも、できることはしたのだ。あとは王の存念ひとつなのだ。

「ゆえに学ぶべきはアメリカのジェファーソンの知恵であります。この新生フランスにおいても、仮に『人権宣言』とも呼べるような、簡潔かつ明瞭《めいりょう》な言葉を前文として掲げることで、まずは憲法の基本精神から打ち出すべきではないかと……」

ざわと議場の空気が動いた。ラ・ファイエットの演説に感銘を受けたわけではない。皆の目が釘付《くぎづ》けになったのは、もうひとつ奥の議長席に控えている、ヴィエンヌ大司教のほうだった。

今日は簡素な僧服ながら、それを大きく膨らませている肥満体は、これまで身動きひとつなく、まさに泰然《たいぜん》自若《じじゃく》と構えていた。が、下僕と思《おぼ》しき男に音もない中腰で近寄られ、のみならず、なにごとか耳に囁《ささや》かれると、俄《にわ》かに表情を変えたのだ。

「侯爵、よろしいですかな」

演説を遮りながら、議長はラ・ファイエットに声をかけた。その頷《うなず》きを確かめてから続けたことには、ええ、皆さん、そうなのですと。たったいま、国王ルイ十六世陛下より、我々の上申書に対する回答が寄せられましたと。

13——最後通牒

「朕《ちん》が軍隊を召集したるは、議会の自由を守るためである。しかしながら、なお議会が自らの安全を危うく思うというのであれば、朕は議会をノワイヨンかソワソンに移動させる用意がある」

それがルイ十六世の返事だった。かかる文面に表れた意図を、どう解釈するべきか。

「いずれにせよ、王は軍隊を解散しないということだ」

と、ロベスピエールは始めた。ああ、解釈の余地などない。やはり武力を発動するつもりなのだ。力ずくで議会を解散させるつもりなのだ。

荒ぶる息遣いで、燭台《しょくだい》の炎が揺れた。一緒に橙色《だいだいいろ》の光も揺れて、刹那《せつな》に面々の相貌《そうぼう》を見え隠れさせていた。

カチャカチャと小さいながら、食器が鳴る音は絶えなかった。夏季にして、夜の帳《とばり》が下りる時刻になっていた。議会で王の回答が読み上げられたあと、有志は自然とカフェ・アモーリに流れた。ブルトン・クラブの根城というわけだが、もちろん近衛隊《このえたい》が包囲している議場などでは、おちおち議論もできないという事情あっての話である。

「それにしても、ロベスピエール君、少し声が大きくはないかね」

咎《とが》めたのは、前議長のバイイだった。きょろきょろ左右を見回してから、ほとんど聞こえないくらいに低めた声で、さらに注意を促してくる。ああ、もうムニュ・プレジール公会堂ではないとはいえ、どこに政府の密偵が紛れているか、知れたものではないからね。

「聞かれて構うものですか」

ロベスピエールは従わなかった。とはいえ、声を張り上げるほど、今にも涙が出そうになる。もう自暴自棄の心境だからである。だって、もう答えは出たんですよ。やはり王は力ずくで議会を解散させるつもりなんですよ。

「議会をノワイヨンかソワソンに移動させるだなんて、その言い方からして恫喝《どうかつ》に等しい。ノワイヨンかソワソンに議員を隔離してやる、いうことを聞くまで幽閉してやるという意味ですからね」

「ロベスピエール氏も、いったん落ち着こうじゃありませんか」

今度はバルナーヴだった。ああ、落ち着いて、王の回答を冷静に吟味してみようじゃありませんか。というのも、注目するべき言葉遣いは、みつけられたと思うんですよ。

「王は『議会の自由を守るため』と、はっきり明言してきたんです。これまでは『王国の平和と秩序を守るため』と、なんとも漠然とした説明しか加えられてこなかった。ために我々も様々に憶測してしまったわけですが、こたび明言してきたからには、王としては本当に議会を尊重するつもりなのじゃないですか」

「はん、ムニュ・プレジール公会堂の近衛兵たちは、その実は親切にも我々につけられた護衛なのだという御説か」

「護衛とまではいいませんが、なんらか不都合な事件が起きたときには……」

「パリの群集が今度は議会を襲うとでもいうつもりか」

「それはないでしょうが……」

「希望的観測も、すぎるというものだぞ、バルナーヴ。いくらみたくない現実だからといって、そこから目を背けて、ただ逃げているばかりじゃ、なにも始まらない」

「といいますが、ロベスピエール氏、でしたら、教えてほしい。最悪の事態を直視したとして、今の我々に全体なにができるというのです」

「それは……」

いったん言葉に詰まれば、喉奥《のどおく》からこみ上げるのは、情けない嗚咽《おえつ》ばかりだった。なにもできない。国民議会にできることなどない。つまるところが、法しか用いることができないからだ。

その法には力という後ろ盾がなかった。それを掌握しているのはルイ十六世だ。その王が議会に向けて、今にも武力を発動しようとしているのだ。

「まあまあ、そう興奮なさらずに」

諫《いさ》めたのは、ラリ・トランダル侯爵だった。やや目尻が垂れて眠そうな表情から、峰が張り出した鷲鼻《わしばな》までが上品な印象で、やはり開明派貴族のひとりである。三十八歳という年齢から多少の落ち着きを感じさせたが、と同時にパリ管区選出というだけあって、洗練された都会に特有の如才なさにも恵まれているようだった。それこそがロベスピエールには軽々しく、また無責任なようにも感じられて、好きになれないのは同じである。

「いや、バルナーヴ君の見方には、私も一理あると思いますな」

と、ラリ・トランダルは続けた。ええ、王は「議会の自由を守るため」と、はっきり明言してきた。これは議会に武力は発動しないという、一種の御墨付きと解釈できるのじゃありませんか。

「仮に群集、暴徒の類《たぐい》に武器が向けられるとしても、です」

「名もない民衆が殺されるのなら、それは構わないという御意見ですか」

「いや、そうは申しませんが……」

「そうとしか聞こえませんでした。もしや、それが開明派貴族の考え方なのですか。名もない民衆なら殺されてもよいと。そうなのですか。はん、だとしたら、自由主義というのも自己満足の玩具《おもちゃ》にすぎない。でなくても、机上の空論でしか……」

「まあ、待ちたまえ」

ミラボーが割りこんだ。今度はロベスピエールも聞いて、あえて固執しなかった。

ミラボーもカフェ・アモーリに流れてきていた。が、どっかと椅子《いす》に陣取ると、腕組みで瞑想《めいそう》したまま、それまでは一言も発しようとしなかった。そのことがロベスピエールを、いや、恐らくはブルトン・クラブに集う全員を、まして不安にさせていた。

――叱《しか》られる言葉であっても構わない。

ああ、ようやくと、ロベスピエールは胸を撫《な》で下ろす思いだった。希望的観測など聞きたくない。身勝手な貴族の御説など、拝聴するほど虫唾《むしず》が走る。といって絶望したくもないのであり、だから、ミラボーの話をこそ聞きたい。

「だから、今はラ・ファイエット侯爵の帰りを待とう」

そう勧めたきり、ミラボーは再び瞑想に戻った。

ラ・ファイエットは高名な貴族であり、議員の資格ならずとも参内《さんだい》することができる。見込んで、ルイ十六世のもとに送りこんだことは事実だった。

パリ民兵隊を組織して、自分が指揮官の任につき、暴徒の監視に全責任を負う。ついては無用になるがゆえ、王の軍隊は速やかに解散されたい。そう言上してこいと、ミラボーが指示したことも間違いではない。

——しかし、らしくないではないか。

ロベスピエールは釈然としなかった。ラ・ファイエットのような軽薄な貴族に、なにを期待できるとも思えなかったからだ。少なくともミラボーほどの人物が、切り札と目するべき人材ではない。伯爵本人はといえば、ひとつの説明も加えずに、だんまりを決めこんでいるというのだから、なおのこと納得できない。

ロベスピエールは返した。

「ラ・ファイエット侯爵なら、役にも立たないお喋《しゃべ》りに興じてくるのが関の山ですよ」

「だと、いいがな」

目も開けずに、ミラボーは答えた。ロベスピエールは聞き違いかと思った。だって、だと、いいがな、なんて……。

「それは伯爵、一体どういう意味なんですか」

からんと鈴の音が響いたのは、そのときだった。

カフェ・アモーリに誰か入ってきた。議員の逮捕を命じられた近衛兵かと、一瞬だけ戦慄《せんりつ》したが、それと思わせる騒々しさはなかった。むしろ気配はないに等しく、扉の鈴が鳴らなければ、恐らくは気がつきもしなかったはずだった。

実際のところ、戸口の暗がりに立ち尽くしていたのは、幽霊よろしく力ない男だった。

「ど、どうなされたのです、ラ・ファイエット侯爵」

驚きに声を裏返らせながら、呼びかけたのはラリ・トランダルだった。貴族同朋《どうぼう》として懇意にしていればこそ、なんとか見分けられたのであって、他は名前が出されても、それがラ・ファイエットだとは容易に信じられなかった。

――なんとなれば、侯爵は無神経なくらいに朗らかな男ではなかったのか。

でなくとも、こんなに早く戻ってくるわけがない。宮殿までは徒歩でも十分ほどだとはいえ、つい先刻にカフェ・アモーリを出たばかりで、まだ一時間もたっていない。

「侯爵、どうなされたのです、侯爵」

ラリ・トランダルの声が切迫の度を増していた。もしや御加減でも悪くなったのですか。それとも、どこか怪我《けが》をなされたとか。

「あっ、そうなのですか。途中で襲われたのですか、ラ・ファイエット侯爵」

いいながら、ラリ・トランダルは駆けよろうとした。その動きを手ぶりで止めると、ようやくラ・ファイエットは口を開いた。いいえ、違います。ええ、どこも痛めておりません。そう答えた顔も蒼白《そうはく》で、怪我したのではないとしても、やはり尋常な様子ではなかった。

ラリ・トランダルの声も悲鳴に近くなった。どうなされたのです。それならば、侯爵、どうなされたというのです。

「王が内閣改造を決めました」

ぼそという感じで、ラ・ファイエットは始めた。ブルトゥイユ男爵が呼び出されたのです。ブロイー元帥《げんすい》がピュイセギュールの後任として、国防大臣に就任するというのです。かたわら、モンモラン、サン・プリースト、ラ・ルゼルヌらは退陣することになりました。

意味が取れないと、ロベスピエールは閉口した。ほとんどの閣僚が貴族であれば、ラ・ファイエットのような輩《やから》には、身内同然の旧知の間柄なのだろう。が、こちらは名前だけ挙げられても、その大臣がいかなる素性の人物で、明かされた内閣改造がいかなる意味を持つものなのか、まるで察することができないのだ。

が、そんなロベスピエールにも聞き分けられる名前はあった。ラ・ファイエットは続けた。ええ、そうなのです。これほど反動的な内閣改造もありません。

「なかんずく、ネッケルが罷免《ひめん》されてしまいました」

「最後通牒《さいごつうちょう》というわけだな」

と、ミラボーが受けた。その低い声に霊感を与えられて、ようようロベスピエールの頭蓋《ずがい》にも、ことの全容が浮かびあがった。

人物の是非は別として、ネッケル人気は絶大なものである。その名前は王にとって、群集の攻めをかわす万能の盾だった。が、今夜それを捨てることに決めた。ネッケル人気とは金輪際で決別したのだ。のみならず、向後はネッケル人気を敵に回すということなのだ。

いいかえれば、王は人民と戦う覚悟を決めた。もう譲歩の必要もないくらいに準備ができたともいえる。

「いよいよ武力を発動するか」

そうミラボーも断じていた。バイイが慌てて確かめた。

「けれど、それはパリの群集に向けられるものなのでしょう」

「だけだと、祈るしかあるまいさ、議会としては」

すでにして、ミラボーは投げやりな態度だった。促されて思い出すのは、親臨会議の朝の絶望感だった。あのときもネッケルが欠席した。すると、国民議会が否定された。一種の不文律として、ネッケルがないがしろにされるとき、議会もまた存在を認められない。

「どうすればよいのだ。どうすればよいのだ」

ブルトン・クラブが恐慌を来たしていた。貴族までが持ち前の悠長を捨てながら、口々に騒ぎ立てた。が、どれだけの言葉を弄《ろう》しようと、妙案など出るわけがない。ああ、まさに万策尽きている。もう議会に術《すべ》はない。我々議員にできることなど、もう残されてはいないのだ。

かかる嘆きを無視して捨てるかのように、今度はミラボーが音もなく、すっと自分の椅子から離れた。同僚議員の狼狽《ろうばい》をおきざりに、そのままカフェさえ出ようとする大きな背中を、ロベスピエールは逃さずに追いかけた。

「再度の上申書を提出するべきでしょうか」

とにかく問いを工面しただけなので、当然ミラボーは否定的な答えだった。

「それは無駄だよ、ロベスピエール君」

「ならば議会は、どうしたらよいというのです」

「だから、どうすることもできんよ」

「そんな……」

「ああ、議会にいても仕方がない」

「そう仰《おつしや》いますが、伯爵は……」

「しばらく欠席しようと思う」

奥の席だが、これで勘定は足りるかね。給仕に何枚か金貨を握らせてから、ミラボーは思い出したように続けた。ああ、そうだ。ロベスピエール君、いくらか手間になるが、議長殿に私の欠席届を出しておいてはくれないかね。

「欠席理由は、そうだなあ、親父《おやじ》が危篤だから、見舞いにいくとでも」

ロベスピエールは首を傾《かし》げた。父上が亡くなられたと、そういう話をミラボーに聞かされたのは、もう先月の話である。それを生きていることにして、今が危篤だからというのは……。

ロベスピエールは閃《ひらめ》いた。直後には、遅れるものかと宣していた。いや、それは他をあたってください。ええ、私も議会を欠席するのです。私の父親も今が瀕死《ひんし》の重症なんです。

「もっとも、私は孤児なんですが」

ロベスピエールは歯をみせた笑いを向けた。似たような表情も、ミラボーのほうは苦笑の色が強かった。

「いうようになったものだな」

「だって、我々の父親が入院している病院は、パリの方角にあるんでしょう」

大きな手で顎《あご》の先を撫でながら、ミラボーは言葉を選ぶようだった。ロベスピエールは今度こそ確信した。ああ、そうだ。その力は伯爵だって信じているのだ。それしかないとも、わかっているのだ。ああ、これは私の勝手な思いこみではない。

想起されたのは、昨夕ルイ十六世に届けられた上申書の文面だった。ミラボーは忠告とも、脅しとも、はたまた預言とも取れるような文言《もんごん》を連ねていた。

「ええ、我々は人民でしかありません。しかしながら、我々は自らに自信がないからこそ、弱くみえるのではないかと恐れているからこそ、目的以上のこともしてしまうのです。乱暴で、非常識な耳打ちに、取り憑《つ》かれることもあります。騒擾《そうじょう》と混乱と反逆の渦中においては、温和な理性も、静かな知性も、我々の導き手たりえません。つまるところ、巨大な革命というものは、しばしば大して冴《さ》えない理由から始まってしまうものなのです。人民にとって、王にとって、致命的というほどの出来事にしても、不吉でなく、驚嘆に値するようにもみえない、それこそ一見なんでもない事件が発端になっているものなのです」

すっかり路上に出てしまってから、ミラボーは手ぶりをくれた。まあ、いいだろう。それなら、パリまで一緒しようか。

14――貴族の陰謀

鼻を突く臭《にお》いで、パリに来たなと思う。ことさらヴェルサイユなどと比べると、悪臭ぷんぷんだからである。

人間が生きているかぎり、どこであれ、くさいものは捨てられざるをえない。ヴェルサイユの場合、それが目立たなかったというのは、きらびやかな宮殿のおかげというより、たぶん広大にして豊かな森が、その懐深い香気で包み隠してくれているからだった。

ひるがえって、パリには森がない。少なくとも市門を潜《くぐ》れば、人の手を加えられた植樹が、かろうじて緑の色をなしているだけである。森のかわりに風景を決めているのがセーヌ河だが、下水道が貧弱なため、これに人々は糞尿《ふんにょう》を垂れ流しにしていた。

どろどろと粘り気まで孕《はら》みながら、それを河の水は容易に浄化できずにいた。パリはフランス王国最大の都だからだ。その数でも、生命力でも、ヴェルサイユの森に鬱蒼《うっそう》と生い茂る木々に負けない勢いの人間たちが、うじゃうじゃと群れ暮らしている場所なのだ。

──臭うのは、無理もない。

一七八九年七月十二日、ミラボーが差しかかっていたのは、セーヌ右岸のパリも東に向かう、サン・タントワーヌ通りだった。

やや逆光の加減なので、行手に鎮座する巨大な建物は、いっそうの陰影を帯びていた。不気味にさえみえるというのは、それが監獄、しかも政治犯を別して収監する獄舎として使われてきたことで、しばしば暴政の象徴とされていたからである。

──バスティーユ要塞《ようさい》か。

やはり気分がよいものではないなと、ミラボーは目を逸《そ》らした。ついでに懐から取り出して、ちらと時計を確かめると、まだ時刻は午後の二時をすぎたばかりだった。

白昼の大都会であれば、通りに往来が絶えなくても不思議はなかった。パリの日常をいっても、物売りの声がひしめく建物に反響して、まだまだやかましいくらいの時間帯である。が、今日十二日は安息日の日曜なのだ。街区の聖堂に出かけて、ミサに与《あずか》ることはあれ、でなければ自分の家で静かにすごすのが本当なのだ。

──なのに、いたるところが騒々しい。

やはり尋常でないと、ミラボーは判断せざるをえなかった。人々は往来を麻痺《まひ》させる勢いで沿道に繰り出していた。馬車など何台も渋滞させて、どけと御者《ぎよしや》に怒鳴られては、うるさいと怒鳴り返している。が、だからと、なにか特別な振る舞いに及んでいるわけではないのだ。

人々は、ただ延々と話していた。それこそ朝に教会に出かけて、御近所と顔を合わせたが最後であり、そのまま路上で大きな声を張り上げている感じだった。

「ぜんたい俺《おれ》たちに、どうしろっていうんだい」

「いうまでもねえ、おとなしくしろってんだろ。素直にあやまれってんだろ」

「おとなしくしたら、どうなるんだい。あやまったら、どうなるんだい」

「どうにもならねえ。ひとつも得することなんざねえ。だから、一発かましてやるしかねえって、さっきからいってんじゃねえか」

そう答えた男は、なるほど手に黒く煤《すす》けた火掻《ひか》き棒を握っていた。それを言葉を打《ぶ》ち上げるたび、意味もなく振り回す。似たような輩《やから》は珍しくなかったので、パリは騒然としているのみならず、なんだか物騒な感じもしていた。

――というか、荒れている。

よし、よし、とミラボーは静かに拳《こぶし》を握りしめた。取り急ぎ掌《てのひら》に確かめたのは、パリの悪くない感触だった。

その大都会はヴェルサイユの紛糾を受けて、すでに先月末から騒がしさを増しつつあった。これが政府に武力動員の口実を与えることになり、実際に王の軍隊はサン・ドニ、サン・クルー、セーヴルと、パリを取り囲むような形で要所を固めてしまった。のみならず、パリ方面軍司令官ブザンヴァル男爵はシャン・ドゥ・マルス、すなわち、あと一歩で市街に踏みこめるという南西外縁の練兵場に、ドイツ傭兵《ようへい》の集結を着々と進めつつあったのだ。

――喉元《のどもと》に刃物をあてられているも同然だ。

パリが平静を保てるわけがなかった。銃剣を構える兵隊が、今にも突撃してくるという恐怖は、ヴェルサイユのそれと寸分変わるものではなかった。

「それも向こうで考えていた以上の騒ぎ方ですね」

またロベスピエールも嘆息を禁じえないようだった。

この若い議員とヴェルサイユ市内の居館で落ち合ったのは、そんなに急ぐことはないからと、朝食を済ませた後の話だった。徒歩ではパリまで六時間を要しても、馬車を使えば、ほんの二時間ほどである。あっという間に到着したので、あまりなくらいの空気の違いが意外に感じられたらしい。

「ヴェルサイユが普通と考えていたのかね」

ミラボーのほうは、やや皮肉まじりに受けた。ヴェルサイユでは王侯貴族の異常な生活感覚が、いたるところに浸透している。自らが王侯貴族でないとしても、ただ居るだけで毒されて、だんだん感覚が狂っていく。が、常識で考えれば、あの宮殿都市が普通であるわけがないのだ。等しく軍隊の脅威に戦慄《せんりつ》しているとしても、なおパリが同じであるわけがないのだ。

「忘れたのかね、ロベスピエール君。フランスは今どこも苦境に喘《あえ》いでいるのだ」

「ええ、そうでした」

さっと目尻を朱に染めて、ロベスピエールは己を恥じる顔になった。ちょうどそのとき、ひとりの男児に擦り寄られていたからだった。

「ねえ、旦那《だんな》さま方、かけらでいいから、パンちょうだい。パンがなかったら、お金ちょうだい。お金だと、ちょっと沢山もらわないといけないけど」

粗衣の風体《ふうてい》も、ほとんど半裸といってよかった。五歳くらいと思《おぼ》しき子供だったが、それにしては口上ができすぎていた。このあたりではみかけないくらい、立派な風体の二人組だからと、恐らくは物乞《ものご》い専門の大人にけしかけられたものだろう。

フランスは凶作に見舞われていた。食糧不足と、それに伴う物価高騰、なかんずくパンの高値に人民が苦しまなければならない状況は、まだ少しも解決していなかった。ヴェルサイユが異常というのも、知らん顔して暖衣飽食を謳歌《おうか》しているからである。それがパリとなると、フランス全土の苦境にあって、ひとり例外ではありえないのだ。

――いや、もっと悪い。

凶作だというならば、豊作の地域から、あるいは外国から輸入すればよいわけだが、セーヌ河の水運を利するパリにして、いよいよ穀物の確保が困難を極めていた。他でもない、王の軍隊が集結しつつあるからだ。兵隊に食わせなければならないと、なけなしの備蓄さえ問答無用に徴発されてしまったのだ。

ならば、その軍隊は自分たちを守ってくれるのかといえば、そうではない。逆に自分たちを傷つけようとしている。少なくとも銃剣で恫喝《どうかつ》して、食べる口のみならず喋《しゃべ》る口まで塞《ふさ》いでやろうというのである。

「パリが怒らないわけがないさ」

まとめながら、そこは貴族の鷹揚《おうよう》な感覚で、ミラボーは粗衣の子供に金貨を投げた。

「しかし、それを貴族の陰謀というのは……」

再び歩き出しながら、ロベスピエールのほうは弁解めいた口調だった。諸々《もろもろ》の事情は自分も重々承知している、とはいえパリのほうも些《いささ》か行きすぎではないかと、そういうことをいいたかったらしい。

——貴族の陰謀、か。

そういう言葉が流れていることは事実だった。今日見舞われている苦境の全ては貴族のせい、というより、貴族が意図して画策した結果だというのだ。

すなわち、食糧が不足しているのは、貴族が買い占めたからである。あるいは年貢として集めたきり、自らの城館に大量に留め置いている。そうすることで値段を吊《つ》り上げ、人々が物価高騰に苦しむよう仕向けながら、なにをするつもりなのか。

「こしゃくな平民を無理にも屈伏させてやる」

王に軍隊を動員させ、さらに外国の軍隊まで呼び、最後は貴族自らが手中の食糧を文字通りの餌《えさ》として、失業を余儀なくされた人々を駆り集める。それに徒党をなさしめて、思い通りにならない輩を襲わせる。

「実際のところ、ルフランさんはサン・ドニのほうで、六万の野盗の群れを目撃したらしいぜ。その先頭にいたのが、なんと、ヴェクサン侯爵だったというじゃねえか」

そうやってパリの道々では、まことしやかに論じる声が絶えなかったのだ。

ひもじさと眼前で膨れ上がるばかりの恐怖が、人々の被害妄想に拍車をかけていた。貴族の陰謀などありえない。それだけの策謀を実行する能力など、傲岸不遜《ごうがんふそん》だけが取柄の輩には持ちえない。そもそもが明らかな凶作であり、雹《ひょう》が降り落ちてきた昨夏の記憶は、まだ新しいものではないか。そうやって、どれだけ理屈を諭しても、誰も聞く耳を持たないのだ。

「ああ、貴族の奴《やつ》らは、俺たち平民をやっつけるつもりに違いねえ。現にヴェルサイユじゃあ、第三身分を貶《おとし》めることばっかりじゃねえか」

貴族を向こうに回しながら、パリには同情も、共感もありえなかった。全国三部会では第三身分代表議員が苦境を強《し》いられ、それが国民議会に転生しても、なお事態は容易に好転しない。そうした様子を看過ならなかったというのは、土台がパリという場所においては、庶民感情が支配的だったからである。前世紀に王家がヴェルサイユに移り住むと、貴族たちも大挙してパリを離れていったのである。

残されたのは平民ばかりで、これが今日まで王国随一の巨大都市を営んでいた。

「ええ、市政に責任ある市当局までが、今や貴族の陰謀、貴族の陰謀のひとつ覚えなわけですからね」

ロベスピエールが続けていた。

15――爆発寸前

実をいえば、二人でパリを訪れて、一番に足を運んだのが、グレーヴ広場に鎮座しているパリ市政庁だった。

宮殿さえ思わせる豪壮な建物だが、その市政庁も市井《しせい》の騒然とした雰囲気から逃れられてはいなかった。ああ、貴族の陰謀もこうまで有体《ありてい》に進められた日には、我々は全体どうすればよいのだ。おとなしく平伏して、どうなるというのだ。かくなるうえは武器を取るより仕方がない。大急ぎで民兵隊を組織しなければならない。そんな風に大声で論じ合い、巨大都市パリを指導する立場にあるだけに、いっそう話を大きくしてもいた。

ロベスピエールの困惑顔に、ミラボーは答えてやった。

「市当局といっても、あれは正式なものじゃないからな」

パリ市政は伝統的に、パリ商人頭と配下の参事四名で運営されるものだった。商人頭というからには、商工ギルドの代表である。これが広範な権限を与えられて、事実上パリの行政を担うようになったというのは、王家が膝元《ひざもと》の巨大都市に強力な自治政府を望まなかったからだった。それを受け入れ、パリの伝統としながら、いいかえれば市政庁は旧来から王家の息がかかる組織だった。

年毎《としごと》の選挙で商人頭の職を盥回《たらいまわ》しにしながら、内実も限られた旧家による寡頭《かとう》体制である。高等法院に人材を出すことで、多くが貴族、少なくとも貴族的な立場にあるともいえた。

――これがパリの空気にそぐわなくなった。

先月末からパリが騒がしくなったといって、その中身は一言で括《くく》れるものではなかった。が、運動の担い手として、無視できない影響力を行使したのが、パリ選挙人集会だった。

各街区を代表する総勢四百七人は、全国三部会にパリ選出議員を送り出した母体である。これが選挙の遅れで陳情書の完成も遅れているからと、それからも解散しようとしなかった。民兵隊の組織を国民議会に申し出たのも、このパリ選挙人集会だったが、かかる経緯も実をいえば、事実上市政を掌握したうえでの話だった。

六月二十五日、はじめドーフィーヌ街のミュゼ公会堂に集合した選挙人は、その日のうちに市政庁に移動して、サン・ジャン大広間に場所を与えられることになった。これを契機に以後は市議会的な立場を占めて、市政に口出しするようになったのだ。王家の施策に反発を強くする空気のなか、そのまま自らがパリの舵《かじ》を取る格好になったのだ。

「つまりは非公式の自治委員会《コミューン》という奴《やつ》さ」

「にしても、選挙人の集まりには変わりないわけでしょう。選挙人といえば、立派なブルジョワですよ。有産階級であるからには、庶民ほど暮らしが苦しいわけではありません。少なくとも相応の教育を授けられた有識階級ではあるんです。それが貴族の陰謀だなんて、荒唐無稽《こうとうむけい》な話を大真面目《おおまじめ》に論じるなんて……」

「論じるさ。なにせヴェルサイユから衝撃の報が届いたんだから」

「そ、それは……、ええ、そうかもしれませんね」

ロベスピエールは口調を後退させた。ええ、どんな自制心も粉々になりますね。

「ネッケルが罷免《ひめん》されたと聞けば……」

国王政府による内閣改造の事実は、パリにも伝えられていた。

誰が伝えたのか、それは知れない。が、昨夜遅くの人事であったにもかかわらず、もう午前のうちには城門を潜り抜けたようだった。

未確認情報としては、パリ自治団でも押さえていた。いよいよ本当らしいと確信できるにいたって、この午後までにはパリ全域で持ちきりの話題になっていた。

「なるほど、怒らないはずがない。なるほど、良識など保っていられるわけがない」

ミラボーには不思議でもなんでもなかった。パリは第三身分の都だからだ。苦境の日々を送っている人々が、我らが救世主と崇《あが》めていたのが、平民大臣ジャック・ネッケルだったのだ。これまでは期待の星に思いを託せると信じることで、かろうじて自分を宥《なだ》めてきたのみなのだ。

そのネッケルが今度こそ更迭《こうてつ》され、のみならず国外追放に処されたという。

「もうパリは爆発寸前です」

そう評したロベスピエールの形容は、まさしく的を射たものだった。ええ、庶民の直情は当然として、裕福なブルジョワたちまで怒りに前後もみえなくなったとして、なるほど不思議ではありません。ネッケルの更迭に続いて、銀行破産が宣言されるという噂《うわさ》もありますからね。いよいよフランスは絶望的だとして、金融危機まで起きかねない状況ですからね。

「事実として、もう証券取引所は自ら閉鎖を決めてしまったわけですからね」

「にしても、悪いかね、パリが爆発しては」

そうミラボーが返すと、ロベスピエールはハッとしたような顔になった。直後の目に浮かんだのは、臆病《おくびょう》に探るような色だった。いえ、伯爵、あなたの問いに答える前に、ひとつ意見をお聞かせください。

「爆発する、つまりはパリに暴動が起きるとして、です。国王の軍隊に勝てますか」

「勝てるさ」

言葉も足さずに、断言しただけではなかった。そのうえでミラボーは、ははは、と笑い声まで続けてやった。ははは、勝てるさ、ははは、勝てるに決まっているさ。馬鹿にされたと取ったか、食い下がるロベスピエールは悔しげな口ぶりだった。

「けれど、軍隊なのですよ。訓練を施《ほどこ》された兵隊なんですよ」

「それが、ほら、あの通りだ」

促されて、ロベスピエールが目を向けた先では、歴《れっき》とした軍服が職人風の前掛けと肩を組んでいるところだった。

がなり合う言葉とて、こちらの耳に届かないわけではない。ああ、だから、そのときが来たら頼んだぜ、兄弟。おおさ、俺《おれ》たちが死ぬほどの訓練に堪えたのは、フランス人を殺すためじゃねえや。国王陛下の御意向だと。元帥閣下《げんすいかっか》の御命令だと。けっ、そんなもの、犬にでも食わしちまえ。てえのも、パリに銃なんか向けた日には、女房にどれだけの目に遭わされちまうか。そっちのほうが、どれだけ怖いか。

「なんてったって、元が家具職人の娘だぜ。父親譲りで、気が短いの、短くないのって、なあ、わかるかよ、兄弟」

やりすごして進みながら、ミラボーは続けた。兵隊だって、フランス人さ。

「あれは恐らくパリ駐留の衛兵だろう。宿舎が近かった縁で、職人の家から嫁を貰《もら》ったんだろう。なるほど、将校ならぬ一兵卒は、大半が第三身分だ」

「だから、人民に銃を向けることはないという御説ですか」

そう確かめて、いったんはロベスピエールもひきとった。なるほど、フランス衛兵はそうかもしれません。実際、衛兵は上官に反抗する騒ぎも起こしていますからね。アベイ監獄に投じられたところを、パリの人々の運動で釈放されてもいますから、恩義を感じている面さえあるかもしれません。

「しかし、ミラボー伯爵、今シャン・ドゥ・マルスに集められつつあるのは、専《もっぱ》らドイツ兵とスイス兵なんです。フランス人としての同胞意識なんかありません。単純に金で雇われた傭兵にすぎないんです」

「ならば、なおのことだよ、ロベスピエール君」

「なにが、なおのことなんです」

「忘れたのかね、王が全国三部会を召集した理由を」

「それは赤字財政を立て直すため……」

ロベスピエールは言葉を呑《の》んだ。そうして生じた空白に、ミラボーは答えを投じてやった。

「ほら、みたことか。単純に金で雇われた兵隊だというなら、なにが楽しくて金欠陛下のために戦わなければならないのだ」

フランス衛兵の士気が弛《ゆる》んだのだって、始まりは配給不足が原因さ。腹が減っていたところ、金持ちブルジョワに大盤ぶるまいされたというわけさ。土台の同胞意識があったにせよ、軍人ともあろう者が簡単に宗旨替えしたというのは、あっさり買収されてしまうくらい、やはりひもじかったからなのさ。平然と続けながら、実際のところミラボーは、いうほど王の武力行使を恐れているわけではなかった。

国境地帯から移動させられ、確かに兵隊は陸続と集結してきている。が、その動きは素人目にも遅かった。士気が低いということだ。低くならざるをえないほど、やはり補給品が不足しているのだ。

国王役人の徴発だの、貴族による買い占めだの、さかんに取り沙汰《ざた》されている噂が仮に本当だとしても、実数は高《たか》が知れているとも考えていた。だから、フランスは凶作に見舞われたのだ。飢饉《ききん》に近い状態で、絶対的な量が不足しているのだ。

兵隊に食わせたいと思うなら、政府は外国から輸入してでも、食糧を大至急、それも大量に買いつけなければならなかった。が、それが赤字財政の手には余る。

「軍隊が十全に機能する状態じゃあない。ル・ネル・ドゥ・ラ・ゲール、セ・ラルジャン（戦の肝は金なり）という古い格言の通りだ」

「わかりました」

そう頷《うなず》くと、ロベスピエールは自分の心を整理するような、しばらくの沈黙を置いた。ちょうどバスティーユにさしかかったときでもあり、あるいは不吉な暗がりを抜けるまで、続ける言葉を待ったということかもしれない。

再び口を開いたとき、その顔は晴れ晴れと輝いていた。ええ、パリが爆発しては悪いかと、伯爵は尋ねられました。その問いに今こそ私は答えます。

「悪くありません。ええ、少しも悪くない。むしろ歓迎するべきでしょう。ええ、ええ、いくらか心配になっただけで、はじめから私は期待していたんです。この窮地を打開するには、民衆の力によるしかないと。ミラボー伯爵も、そう考えてらしたんですね」

「いうまでもない。民衆の力というのは途方もないものだからな」

「ですね。ああ、なんだかホッとしました。というのも、伯爵は反対なのだと考えていたのです。暴動に訴えるなど下策だと、苦々しい思いでおられたのだと」

「それは、そうだ。できれば避けたいと、その考えは今も変わらんよ」

「どうして、できれば避けたいのです」

「やらずに王が暴挙を思い直してくれれば、それに越したことはなかろう。が、今となっては、民衆の力に期待するしかなくなった。これからルイ十六世が改心しても、もう遅い」

「もう遅いと仰《おつしや》いますが、ミラボー伯爵、ここまで事態が深刻になる前に、なんらか手を打つべきだったと私は思います」

「手を打つといって、どう打つのかね、ロベスピエール君」

「それは……、だから、それは伯爵でないと……」

「ははは、他人まかせかね」

「しかし、そのつもりで伯爵はパリに来られたのじゃないですか」

「その通りだ。が、できれば避けたいといったのは、それが難しいからなのだ。どうでもやらなければならないなら、そのときは満を持して、最善を尽くさねばなるまい」

それでも予測不可能というのが、暴動というものだからね。つまるところが危険きわまりない博打《ばくち》だからね。そのままの歩みを続けながら、ミラボーは手ぶりを示した。

16——民衆の力

窓硝子《まどガラス》が全て割られた、廃墟《はいきょ》のような建物が聳《そび》えていた。いや、庭の雑草が目立たないからには、最近まで人が住んでいたということだ。壁は煙が立ち上るままの形で黒い汚れを印され、廃墟というより火事の跡のようだと形容するべきか。

ミラボーは続けた。

「このあたりだろう、レヴェイヨン事件の現場というのは」

「あっ、もうフォーブール・サン・タントワーヌ通りですし、ええ、交差しているのがモントルイユ通りですから、ええ、ええ、確かにレヴェイヨン氏の邸宅跡です」

それは四月二十七日から二十八日にかけて、パリを震撼《しんかん》させた事件だった。レヴェイヨン氏は壁紙製造工場の経営者だったが、これが給金の引き下げを口にしたとして、数千人の暴徒に邸宅を襲撃されたのだ。

思い出して、ロベスピエールは俄《にわ》かに興奮したようだった。

「大事件だったと聞いています。ええ、やはり民衆の力は侮《あなど》れない……」

「軍隊に鎮圧されて終わったのだぞ」

相手の言葉を遮りながら、ミラボーは容赦なく冷水を浴びせてやった。困ったものだ。職業柄というか、あるいは若さゆえといおうか、ある程度はやむをえない話ではあるのだが、ロベスピエールにも観念ばかり先走る嫌いがある。

「失敗したのだ。暴動など、大半が鎮められてしまうものなのだ」

ミラボーは言葉を重ねた。暴動を起こすこと自体は、それほど難しいものではない。が、それも安手の煽動《せんどう》などで焚《た》きつけて、小さく終わらせてしまうようでは、元も子もないではないか。

実のところ、ミラボーは心に二律背反の思いを抱えていた。

民衆の力しかない。それしか世界を動かせない。それはプロヴァンスにいた頃からの考えだった。自分が議員になれたのも、マルセイユ、エクスと二大都市で相次いだ、あの暴動のおかげだからだ。でなくとも人々が暴力に訴えることなくしては、あの保守的な土地は今も州三部会に牛耳《ぎゅうじ》られるまま、貴族が幅を利かせているに違いないのだ。

――けれど、同時に痛感した。

暴動は鎮められてしまう。簡単に鎮められてしまう。なんとなれば、マルセイユでも、エクスでも、あれほど怒り狂うようだった群集が、ほんの数日後には平静を取り戻したのだ。それも武器さえ向けられぬまま、このミラボーの言葉ひとつに宥《なだ》められての話なのだ。

民衆の力は確かに途方もない。しかしながら、熱しやすい半面で冷めやすく、ほんの小さな理由で熱狂するくせに、少し目先を変えられると、生死に関わるくらいの大問題も簡単に忘れてしまう。かかる理《ことわり》を踏まえればこそ、ミラボーはまとめざるをえなかったのだ。

「民衆の力など迂闊《うかつ》に信じられるものではない。暴動など確かな切り札と頼めるものではない」

繰り返し突き放されて、ロベスピエールはといえば、顔面蒼白《そうはく》になっていた。それみたことか、やはり観念ばかりの先走りに捕われていた。民衆には途方もない力がある、それを動かしさえすれば怖いものはないと、魔法の杖《つえ》かなにかのように考えていたのだ。だから、頭でっかちに軽々しく騒がれては、全てが台無しになるというのだ。

「といって、あきらめてしまっては、それまた手立てがないことになる」

とも、ミラボーは続けた。ロベスピエールは縋《すが》るような目になっていた。

「伯爵、どうすれば……」

「まずは機が熟すのを待つことだ」

「ああ、それで伯爵は今になって……」

ロベスピエールは一転して救われた顔になった。なるほど、そうですね。今やパリは爆発寸前の状態なわけですからね。食糧不足に軍隊まで動員されて、貴族にあからさまな敵意を抱《いだ》くようになった刹那《せつな》、衝撃の報が舞いこんできた。

「ええ、ネッケル解任が告げられた今こそと、それで伯爵は御自ら……」

「私が先導するわけではないぞ。あくまでパリには、お忍びで来ているのだ」

と、ミラボーは断りを入れた。議員ともあろう者が、暴動を教唆《きょうさ》するわけにはいかないだろう。それこそ国王に議会弾圧の口実を与えるようなものだ。事後に国王と和解する術《すべ》もなくなってしまう。

「国王と和解するのですか」

「しなければ、治まるまい。幸いにして陰謀を非難されているのは貴族ばかりで、まだ国王本人に罪はないと思われていることだしな」

「…………」

「話が先に行き過ぎたようだ。まあ、議員云々《うんぬん》、和解云々を別にしても、私は適任ではない」

「どういうことです」

「機が熟すというのは、単に怒りが頂点に達するという意味ではない。それはパリが一丸になれるという意味でもあるからだ」

それまたミラボーがプロヴァンスで学んだ教訓だった。一口に第三身分というが、その中身は一様ではなかった。貴族と変わらない法官もいれば、貴族より富裕な大ブルジョワもいる。法曹、商店主、職工親方というような小ブルジョワがそのあとに続けば、使用人、徒弟、肉体労働者というような庶民もいて、果ては失業中の貧民までが第三身分なのである。

──それぞれに利害が異なる。

容易に一枚岩にはなれない。それどころか、しばしば敵対しさえする。無産の貧民層が蜂起《ほうき》すれば、有産の富裕層が鎮圧に乗り出すこともある。プロヴァンスの二大都市暴動が、そうだった。大領主だの、司教だのに並んで、ブルジョワも槍玉《やりだま》に挙げられた。ミラボーが介入して和解させたものの、さもなくばブルジョワは暴徒鎮圧のために軍隊を呼び入れたに違いない。

──が、そんな馬鹿な話もない。

向こうに貴族を置いた大局からするならば、第三身分と第三身分が潰《つぶ》し合いを演じているだけだからだ。それでは元も子もないのだ。

「貴族の陰謀ひとつ取り上げても、それを市井の庶民だけが疑わないのでなく、富裕なブルジョワまでが疑わないようにならなければならない。通じて一丸となれる、つまりは大同の怒りを共有することで、小異の利害を忘れることができて、はじめて機が熟したといえるのだ」

ロベスピエールは再び結論に逸《はや》る様子だった。だから、今なのですね。

「誰もがネッケル更迭に憤慨している今をおいて、パリが一丸となれる好機はないという……」

「なれるか、本当に」

ミラボーは問いかけた。それは自分に向けた問いでもあった。

大騒ぎの市政庁にみるように、確かにブルジョワも憤激している。きっかけさえ与えられれば、連中も果敢に行動するかもしれない。が、自ら行動を起こす気配はなかった。ロベスピエールは常軌を逸した風を読んだようだったが、それもミラボーにいわせると、まだまだ足りない感じがした。もとより持てる人々なのであり、その属性として腰が重い。日々の生活に困るわけでなく、しかも教養も豊かとなれば、相場が穏健派なのである。

——ならば、誰が口火を切るか。

市政庁を出るや、サン・タントワーヌ通りを東に進んだというのは、実のところ、この界隈《かいわい》であたりがつけられるかと期待しての話だった。無産の労働者が多く暮らしている街区だからだ。指導的な立場にあるのも、せいぜいが職工親方や商店主というような小ブルジョワであり、いうなれば身軽なのだ。

──しかし、それもすぎるとなると……。

セーヌ右岸を東に抜ける道程も、フォーブール・サン・タントワーヌ通りまで進んでみると、それまでの騒然とした雰囲気が、だんだん静けさに転じていった。平静が取り戻されたという意味ではない。ぴりぴり張り詰めている空気は、すでにして殺気さえ感じさせるものだったのだ。

現に歩を進めるごと、沿道から浴びせられる視線には、ほとんど刃物を突き立てられるような思いがした。貴族のように華美をひけらかすわけではないが、ミラボー、ロベスピエールともに議員として、一応の身なりは整えている。が、それさえ気に入らないといわんばかりに、人々は恨みがましい目を向けて、それを隠そうともしないのである。なるほど、その風体をいうならば、労働者というより、失業者のほうが多かった。物乞いの数も増えていく一方である。施政に対する不満であるとか、ネッケル罷免《ひめん》に覚える怒りであるとか、そんな上等な感情を抱くまでもなく、言語に絶するひもじさに追い詰められて、今や飢えた獣の形相しか浮かべられなくなっている。

──まさに一触即発だな。

暴動など簡単に起きてしまいそうだった。レヴェイヨン事件くらいは今すぐにも再燃する。あれも給金引き下げなどという話は、ほんのデマにすぎなかったという。そんなものでも極限まで窮している人間は、あっけなく我を忘れてしまうのである。

——が、レヴェイヨン事件なら再燃させてはならない。

人々が襲撃した先はブルジョワだったからだ。そのことを思い起こせば、仮に暴動が発生しても、市政庁の自治団が歓迎するはずがない。ことによると、自ら暴徒の鎮圧に乗り出しかねない。今こそパリが一致団結して立ち上がれる、千載一遇の好機であるにもかかわらず、である。

ミラボーは続けた。ああ、確かに今を措《お》いて機会はない。

「だからこそ、これを無駄にしてはならない。そのために富者と貧者を結び合わせる輪を用意しなければならないのだ。暴動を先導するなら、その輪となれる人間こそが適任なのだ」

「それは、どこに」

ロベスピエールに質《ただ》されて、ミラボーは歩みを止めた。暴動が起こるとすれば、この殺気立つ東部しかありえない。が、だからこそ口火を切るべき人間は、東部にいてはならないのかもしれない。だから、ああ、もう引き返すしかなさそうだ。

「西のほうだ」

答えながら、ミラボーは踵《きびす》を返した。もうひとつ、あてがないではなかった。が、それも多くを期待できるわけではない。向かう先を詳《つまび》らかに明かすべきか、それとも伏せておくべきか。逡巡《しゅんじゅん》する間にも、ロベスピエールのほうは迷わず続いたようだった。

「パレ・ロワイヤルだ」

と、ミラボーは背中に打ち明けた。ああ、パレ・ロワイヤルですか。なにごとかを察したらしく、刹那ロベスピエールは表情を明るくした。

恐らくは的外れだろう。とはいえ、その同じ瞬間にミラボーの胸奥にも、なにか予感めいた感慨が去来していた。ああ、今度こそは、あたるかもしれないな。

17――パレ・ロワイヤル

サン・タントワーヌ通りを戻ると、グラン・シャトレが現れる。両替屋橋《シャンジュばし》の袂《たもと》に鎮座して、通じるシテ島を守る中世からの城塞《じょうさい》だが、これが右岸を歩く分には、パリも臍《へそ》のところまで来た印《しるし》になる。

グラン・シャトレから西はサン・トノレ通りだった。騒然とした雰囲気も和やかに弛《ゆる》んだ感じが否めないのは、やはりパリのなかでは裕福な界隈《かいわい》だったからだ。生臭い感じがあるとしても、それはレ・アル市場が近いせいで、夏であれば仕方ない話だった。いや、この食糧不足の御時世に、肉屋、魚屋から悪臭が立ちこめているのだとすれば、やはり恵まれた界隈だといわなければならない。

こぢんまりとしていながら、瀟洒《しょうしゃ》な街並が続くサン・トノレ通りは、連なる屋根の向こう側にルーヴル宮の煙突がみえたなあと思うや、そぐわないくらいに厳《いか》めしい塀衝《へいつい》立《たて》を忽然《こつぜん》として出現させる。狭く絞られた通用門を、左右から二人の番兵に守らせている、それがパレ・ロワイヤルだった。

サン・トノレ通りに面する間口が七十トワーズ（約百四十メートル）、そこから奥行が二百トワーズ（約四百メートル）あり、混み合うパリの都心にあっては、異例なほどに広い敷地を占めている。私邸にしては破格に大きく、といって王室由来の宮殿とみるならば、やや手狭な印象がないではない。

その始まりは前世紀の大宰相《さいしょう》、リシュリュー枢機卿《すうききょう》の私邸だった。人呼んで「パレ・カルディナル（枢機卿宮殿）」が、名前を「パレ・ロワイヤル（王室宮殿）」に変えたというのは、その死後に王室に譲渡されていたからである。

譲られた王がルイ十三世だったが、すぐに亡くなり、幼いルイ十四世が移り住んだ。長じてヴェルサイユに宮殿を建てた陛下は、それほどパリに執着することなく、これを再び弟王子に譲渡した。今度は改名なくパレ・ロワイヤルでありながら、そのまま建物の所有は今日まで、ブルボンの嫡流《ちゃくりゅう》から分家した親王家に帰すことになっていた。

「そうですか、オルレアン公ルイ・フィリップ殿下だったんですか」

通用門の前まで来ると、早速ロベスピエールは始めた。そうか、そうか、伯爵はオルレアン公を担ぐつもりだったんですね。ええ、ええ、王族の権威といい、民衆の人気といい、殿下であれば、あまねく人々を結び合わせる旗印として、もう非の打ちどころもありませんものね。

恐れた通り、やはりロベスピエールは的外れだった。

「冗談じゃない」

ミラボーは言下に打ち消してやった。あちらは、もちろん不服げである。

「どうして、冗談じゃないんですか。伯爵は嫌いなんですか、オルレアン公のことが」

「好き嫌いの話ではないか。適当か、不適当かの話だ。オルレアン公ルイ・フィリップは王位を狙《ねら》う最右翼ではない。少なくともパリの庶民は、王家に不満を覚えるたび、いっそオルレアン様に王位をと騒いできた。そういう男が立ち上がるとなれば、話が違ってくるではないか」

さすがのルイ十六世も政敵は容赦しない。それこそ死力を尽くして戦う。王の戦意を好んで焚《た》きつける馬鹿はあるまい。そうやって片づけてやると、ロベスピエールは増して不服げな表情だった。

ミラボーは言葉を足してやることにした。

「でなくとも、オルレアン公では駄目さ。それこそ好き嫌いでいえば嫌いじゃない男だが、仮にこちらが担ぎ上げたいといっても、当の御本人は腰が引けているというんだ」

「それは、ええ、そうかもしれませんね。国民議会の議長も辞退なされましたからね。なるほど、わかりました。いや、私としては、オルレアン公なら自由主義の信条でも世に知られているからと、そういう考えがあったのみで……」

「確かに、それが狙いではある」

と、ミラボーは今度は認めた。

本家と張り合う気分の裏返しか、オルレアン公は王族にもかかわらず、かねて自由主義を標榜《ひょうぼう》して、その保護者としての立場を隠そうともしなかった。かかる姿勢が知れ渡るほど、公のもとには革新の思想家たちが寄り集まり、そのパレ・ロワイヤルも自由の殿堂という風を帯びるようになっていた。

危険思想と当局に睨《にら》まれても、パレ・ロワイヤルに駆けこみさえすれば、逮捕される心配はない。そうまで唱えられるというのも、基本的には親王の私邸であり、オルレアン公が断るならば、誰も歩を進めることができないからである。

――だからと安心して声を張り上げている連中が、今日もいる、いる。

オルレアン公の私邸とはいいながら、他面でパレ・ロワイヤルは公共施設でもあった。番兵に入場を断られるのは、犬と官憲だけなのであり、他は誰もが出入り自由である。というか、親王家が部屋を賃貸に出しているので、一般の人々が借りて各種商売を営んでいるのだ。自由というより猥雑《わいざつ》な繁華街のような場所が、パレ・ロワイヤルなのだ。

通用門から塀衝立を抜けると、ぱあと青い空が開けて、奥は整然と植樹が並ぶ中庭になっていた。おひねり目当てに、顔を白塗りの道化師が軽業《かるわざ》を演じ、あるいは楽隊が流《は》行《や》りの曲を奏で、はたまた操り人形が時事を風刺するというのも、いつもながらの風景である。が、商売をやる日和ではない。これみよがしの薄着で客を物色している売春婦を含めて、その日ばかりは誰もが思うようになっていない様子だった。

──今日のところは、やはり皆がネッケル、ネッケルか。

ぐるりと中庭を囲んでいるのがアパルトマンであり、その下階部分は回廊になっていた。そこでは陶磁器、香水、宝石貴金属と高級品を扱うブティークが軒を連ね、仕立屋、鬘屋《かつらや》、眼鏡屋《めがねや》と身の回りの世話を焼く店もあり、こちらでは本屋、楽譜屋、画材屋と芸術的な感性に働きかけたかと思えば、あちらでは菓子屋、料理屋、腸詰屋と人々の食欲を刺激している。ところが、客ときたら寄りつかず、やはり閑古鳥が鳴く体なのだ。

中庭にまで食《は》み出して、椅子《いす》と小卓を並べながら、かわりに繁盛していたのが、カフェ・ドゥ・ヴァロワ、カフェ・ドゥ・シャルトル、カフェ・ドゥ・フォワ、ミル・コロンヌ、カフェ・イタリアン、カフェ・メカニークというような社交場だった。

──さて。

混み合う回廊を難儀して抜けがてら、ミラボーは目を凝らした。さて、声を上げてくれそうな男はいるか。

どこも満席のカフェでは、政治談議が花盛りになっていた。パレ・ロワイヤルに狙いを定めたというのは、いうまでもなく口角に泡を飛ばしながら、今日の不正義を糾弾している若い思想家が、大勢集まっていると思われたからだった。

弁護士、作家、ジャーナリストというような連中であれば、なべて知的水準は高い。ゆえに教養豊かなブルジョワにも、市民だの、愛国者だの、今風の時事用語を巧みに用いて、強く働きかけることができる。が、かたわらでは、ほとんどが自称弁護士、自称作家、自称ジャーナリストなのである。

掲げている職業で、まともに食えているわけではない。はっきりいえば、暮らし向きは貧しい。その実感をして庶民のほうにも、働きかけられるところが大なのである。

——ゆえに格好の結び目になる。

全体の大義を打ち上げることができる。そう見込んでパレ・ロワイヤルに足を運んでおきながら、やはりミラボーには多くを期待するつもりがなかった。

ロベスピエールがいうように、すでにしてパリは爆発寸前である。これを破裂まで持っていくこと自体は、それほど難しいわけではない。ただ、その爆発をなるだけ大きなものにしたい。首尾よく火が燃え上がれば、それを少なくとも数日の間は燃やし続けたい。それだけの元気があるという意味でも、パレ・ロワイヤルに巣くう輩《やから》の若さは魅力なわけだが、だからと多くは求められないと思うのである。

——歳《とし》が若くても、中身が年寄りというのでは、これも話にならんからな。

本を読みすぎた知識人の属性というのか、ミラボーがみるところ、パレ・ロワイヤルの輩には白熱の議論さえ喧《かまびす》しくできるなら、それで満足という風があった。ことによると、議論のための議論でしかない。机上の空論に落ちるというのも、大方の末路である。

議論の質についていうならば、どうでもよかった。空論でも、暴論でも、たとえ論理に矛盾があろうと、そんなことは構わない。

――ただ毅然《きぜん》と立ち上がってくれさえすれば……。

そこまで期待を低くして、なおミラボーが懸念せざるをえないというのは、往々にして連中は、パレ・ロワイヤルから出たがらないからだった。

誰にも傷つけられない言論の聖域に安住して、あいつは馬鹿だ、こいつは卑劣だ、外の奴等《やつら》はなにもわかっちゃいないんだと、そう声を荒らげるだけに終始する。余人の仕事を偉そうに採点してみせるだけで、自分からは決して行動しようとしない。

軽蔑《けいべつ》の念を隠さずに、有体《ありてい》な言葉にすれば、大半が横着な臆病者《おくびようもの》である。はん、なにもしないで、それで通ると思うからには、人間には生まれながらに人権が与えられているなどと、あるいはルソーを論じすぎたということか。

――そんな腰抜け男となると、女は相手にしてくれないぞ。

生まれながらに女までは与えられていないものだからな。それは自分の力で手に入れなければならないものだからな。そう内心に呟《つぶや》きながら、ミラボーが目を注いでいたのは、カフェ・ドゥ・フォワのテラス席だった。

18――負け犬

椅子《いす》を並べていたのは、一組のアベックだった。女のほうは可憐《かれん》な令嬢風であり、それも男の歓心を買おうとする売春婦の演出でなく、本物の良家の娘という線である。

――かたわらで男のほうは……。

ひどい癖毛が世辞にも上品とはいいがたく、ぎょろりとした目つきから、締まりのない口許《くちもと》から、なんだか粗野な感じがした。かかる風貌《ふうぼう》にもかかわらず、なにごとか指を立てながら、さかんに論じる神経質な横顔からは、ある種の気取りが感じられたのだ。

――しょうがない知識人の典型だな。

そうやってミラボーが鼻から息を抜いていると、こちらの視線に気づいたらしく、ロベスピエールが確かめてきた。ミラボー伯爵、お知り合いなんですか。

「というか、あれはカミーユじゃないかな」

「君のほうの知り合いかね」

「ええ、カミーユ・デムーラン、ルイ・ル・グラン学院の後輩です」

「ほお、それで、なにをしている男だ」

「オデオン座の近くに、弁護士事務所を開いてはいるんですが……」

学校の後輩というからには、同じに法曹であって不思議はない。が、ロベスピエールは急に歯切れが悪くなった。いや、それも開店休業というか……。最近は作家のような仕事も手がけているらしくて……。とはいえ、パレ・ロワイヤルにも出入りするようになっていたとは……。

ミラボーは全て察することができた。というより、自前の観察も外れではなかったようだ。つまりは口先ばかりで、なにもできない、例の不甲斐《ふがい》ない輩《やから》だ。

「ああ、そうか。カミーユがパレ・ロワイヤルにいて、あながち不自然ではないんだ」

思い出したような調子で、ロベスピエールが続けていた。

「いや、これは人伝《ひとづて》に聞いた話にすぎないんですが、なんでも最近は政治にも熱心な興味を寄せているようなんです。高じて、この三月には生まれ故郷のギーズで、全国三部会の議員にも立候補したといいます」

「それで、結果は」

「残念ながら落選だったそうです」

「負け犬か」

「それは、ひどい言われ方だ」

「褒め言葉だよ、ロベスピエール君」

と、ミラボーは返した。別に茶化したつもりはなかった。実際のところ、負け犬であることは恥ではない。ことパレ・ロワイヤルにあっては、むしろ誇るべき自慢だろう。カフェに席を占めたきり、腰を上げようともしない連中を尻目に、少なくとも行動したということだからだ。勝ち負けがつくこと自体を嫌がる臆病者の群れなどは、その一事だけで軽蔑して捨てることができるのだ。

――もっとも、まるきり別人種だと、そういうつもりもないのだが……。

ミラボーは口角を歪《ゆが》めた。それで笑ったつもりだった。ああ、カミーユ・デムーランは悪くない。その実はパレ・ロワイヤルの典型なら、かえって好都合かもしれない。本当は意気地のない男が、あえて無理して世のなかに出ようとした理由というのも、見え隠れしていることだし。

「いずれにせよ、ひとつ紹介してくれないか」

ロベスピエールに頼みながら、その答えも待たずにミラボーは歩き出した。

縦にも横にも大きな巨体のせいなのか。あるいは迫力満点の醜面が人目を惹《ひ》かずに済まないのか。テラス席を抜けるミラボーが、そばを通りすぎるたび、声をかぎりに喚《わめ》くようだった議論のことごとくが、たちまち沈黙に後退した。

ちらと目をくれてやれば、さっと顔を伏せてしまう。やはりパレ・ロワイヤルは腰抜けばかりだ。いつ襲われるか、いつ傷つけられてしまうかと、常に戦々恐々としている兎《うさぎ》のような手合いとするなら、こちらが声をかけるに先んじて、向こうのほうから気がつくのも道理だった。

危険を察知した小動物さながらに、デムーランは素早い動きで椅子から立ち上がっていた。表情には遠目からでも、動揺の色が浮かんでいる。それが安堵《あんど》の色に転じた。

「あれっ、あっ、マクシムじゃないか」

「やあ、カミーユ、久しぶりだね」

「どうしたんだい、こんなところで」

再会を果たした旧友として、二人は握手を交わしていた。が、そうする間もデムーランは、ちらちらと目をよこして、こちらの巨体のほうばかりを気にしているのだ。まあ、気にするなというほうが無理なのだが、それにしても余裕というものがない。だから、なあ、兎くん。なにも、とって喰《く》おうというわけではないよ。

ロベスピエールも紹介を急がないではおけなくなった。

「ああ、こちらは……」

「おまえ、ミラボー」

口走るや、デムーランは息を呑《の》んだ。蚤《のみ》の心臓はすでに爆発せんばかりなのだろうと察しながら、それをミラボーは宥《なだ》めてやろうとは思わなかった。ただ平然として、ロベスピエールの紹介を受けた。

「なるほど、デムーラン君も作家であられるわけですか。ああ、そうですか。私のことを知っておられたのですか。私とは同業者なわけですからな。ええ、ロベスピエール君から、いろいろ聞かされております」

「いろいろって……」

デムーランは責めるような目を飛ばしたが、これにロベスピエールが応じる前に、ミラボーは少し曲げた人差し指を高く掲げた。おい、給仕、ここに珈琲《コーヒー》をふたつ追加だ。

「私たちも御一緒してよろしいですかな」

事後承諾を求められても、デムーランは断らなかった。横暴に出たのが獅子《しし》であるかぎり、兎が断れるわけがないと決めつけて、ミラボーは着座した。またぞろ高く手を上げて、今度は花屋に注文をいいつけながら、さりとて自分から話を始めるわけではない。

「ど、どうしたんだい、マクシム、本当に」

ふらふら泳ぎ出すような感じで、デムーランが始めた。それに、ええ、ミラボー伯爵もですが、二人とも今はヴェルサイユにいるはずじゃあ……。続けかけて、ハッと思い出したような顔になるや、俄《にわ》かに気にし始めたのは、かたわらに座している女だった。

ああ、ああ、そう、そうだった。

「とにかく、リュシル、今日は家に戻ったほうが……」

強引に遮りながら、ミラボーは立ち上がった。いや、マドモワゼル、これは失礼いたしました。

「ミラボー伯爵オノレ・ガブリエル・リケティと申します。エクス・アン・プロヴァンス選出の全国三部会議員です」

もっとも今は憲法制定国民議会と名前を変えておりますが。いいながら掌《てのひら》を差し出すと、そこに女も小さな手を預けてきた。作法通りに接吻《せっぷん》して、挨拶《あいさつ》を済ませた後も、それをミラボーは容易に解放しなかった。女のほうも強いて引くわけでなく、そのまま受けた。

「お噂《うわさ》はかねがね伺っておりました、ミラボー伯爵」

「身を持ち崩した放蕩《ほうとう》貴族とか、見苦しい怪物とか、そんなような噂ですかな」

「そんなこと……。ヴェルサイユでは出色の働きぶりだと、ミラボー伯爵の御名前《おなまえ》はパリでも好評をもって受け止められておりますわ」

「それは光栄だ。とりわけ、あなたのように美しい御婦人の耳にまで、洩《も》れなく届いているとしたら」

ああ、こちらはマクシミリヤン・ドゥ・ロベスピエール君、やはりアルトワ選出の議員であられます。ミラボーは続けたが、恐らくは今さら紹介の必要などなかった。どちらについても、すでにデムーランの口から聞かされていたはずだからだ。それを省かないからには、ミラボーなりに算段あっての話だった。

実際のところ、もうデムーランは落ち着きを失っていた。早いところ割りこみたくて、じりじりしている内心が、その困惑したような表情に露《あらわ》だった。ああ、ああ、そう、そう、マクシムのことは何度となく話しているよね。うん、うん、ルイ・ル・グラン学院の先輩さ。

「いずれにしても、リュシル、今日のところは……」

「リュシル、なにと申されるのですか」

「リュシル・デュプレシと申します」

「マドモワゼル・リュシル・デュプレシ、ですな。ええ、もう覚えました」

花屋が来たのは、そのときだった。女の手をようやく解放してやりながら、かわりにミラボーは届けられたばかりの花束を捧《ささ》げた。市価の三倍値といわれるパレ・ロワイヤルで求めて、深紅の薔薇《ばら》ばかりを五十本である。いや、なに、こんなものは、ささやかな今日の記念にすぎません。

「といいながら、調子に乗って繰り返させていただきますが、私のほうはミラボー伯爵、以後お見知りおきくだされば、これに勝る幸せもありません」

「と、とにかく、リュシル」

今日は引き上げたほうがいいよ。そうやって女の肩を強引に押すことまでしながら、デムーランには明らかに、こちらと喋《しゃべ》らせたがらない風があった。

それはそうだろうと、ミラボーは思う。男として引け目を感じないではいられないからだ。ロベスピエールと比べたときでさえ、議員選挙に落選した負け犬であることを、どうでも自覚しないではいられないからだ。

——そうした自分の無様な姿を好きな女に見咎《みとが》められたくないということか。それでこそ、立派なものではないかと、ミラボーは内心では再び褒める言辞だった。それでこそ、男だ。生き方が違うだの、価値観が違うだの、あいつらは俗物にすぎないだのと居直りながら、平気な顔して向き合おうとする嘘《うそ》つきどもに比べるならば、まさに有望株ではないか。

「だから、リュシル、このあたりも騒がしくなってきたことだし……」

「でも……」

小声のやりとりが続いていた。これでは話にもならないので、とりあえずミラボーは人心地つかせてやることにした。

「ええ、マドモワゼル、私も悪いことはいわない。本当に物騒な感じがしてきました。今日のところは帰られたがよろしい。もし御迷惑でなければ、私が馬車で御宅まで送らせていただきますよ」

「いえ、結構です」

と、デムーランが先に答えた。いえ、伯爵、ありがとうございます。けれど、僕が送りますので、どうか御心配なく。

「けれど、デムーラン君にまでいなくなられては、私たちも困るのです。ロベスピエール君によれば、なんでもパリの事情通なんだとか。そのあたりを教えていただきたいと、そう思って声をかけさせていただいた次第でして」

「そういうことなら」

デムーランは女の背中を押した。ああ、そんなにはかからないと思うから、ねえ、リュシル、僕らの話が終わるまで、なかで待っていてくれないか。同じカフェ・ドゥ・フォワの薄暗い屋内席に押しやりながら、やはりというか、どうでも同席させたくはないようだった。

19――挑発

「さて、僕に聞きたいと仰《おっしゃ》るのは、どんなことでしょう」

女を遠ざけ、再びテラス席に戻ると、デムーランは落ち着きを取り戻した様子だった。

ええ、僕で答えられることなら、なんでも聞いてください。あっ、いや、その前にマクシム、まだいってなかったね。

「当選おめでとう。すごいな、議員だなんて」

とんちんかんをいう、とミラボーは苦笑した。デムーランの平静は上辺だけのもので、まだ内心は舞い上がったままということか。あるいは劣等感を意識するあまり、相手を認めて祝福する大度《たいど》を気取らないではいられなくなり、結果として発言の馬鹿さ加減のほうは、みえなくなったというべきか。

まだしもミラボーであれば、苦笑で済ませることができた。が、これがロベスピエールとなると、若い分だけ余裕がないのか、それとも生来の性分なのか、いきなり憮然《ぶぜん》たる表情だった。

「カミーユ、全体なんの話だ。こうまでの難局を迎えているというのに、当選おめでとうだなんて、それはなにかの皮肉のつもりなのか」

「い、いや、そういうわけじゃあ……。そ、その、悪意があったわけじゃなくて……」

「悪意がなくて、そんな馬鹿げた口上を、どうやったら思いつけるというんだい」

ルイ・ル・グラン学院の同窓といって、そこは先輩と後輩だった。あるいは立場の違いは、優等生と劣等生のそれなのかもしれなかったが、いずれにせよロベスピエールは上からものをいう態度で、一方的にやっつけていた。これに目を伏せ、しゅんとなりながら、デムーランのほうにも反撃に立ち上がる素ぶりはない。

ロベスピエールは嵩《かさ》にかかった。まあ、いいさ。この話は終わりにしよう。

「そんなことより、カミーユ、わかっていると思うけれど、今はネッケル更迭《こうてつ》だ」

「マクシム、本当の話なのかい、それは」

「なに寝言いっているんだ」

「い、いや、聞くには聞いていたんだが、単なるデマと切り捨てる筋もあって……」

「デマなんかじゃない。いや、仮にデマだとしても、耳にしてはいるんだろう。で、実際どう受け止めているんだ、パリは」

「そ、そそ、そりゃあ、もちろん怒っているさ。ああ、今のフランスを変えられる人材は、ネッケルさまを措《お》いて他にはないわけだからね。もはや王の愚行も許される範疇《はんちゅう》じゃないって、皆が憤慨しているさ。ルイ十六世は完全に貴族の虜《とりこ》だと、そう論じる向きもある。つまりは貴族の陰謀も最終段階に入ったと……」

「だから、どうする」

「えっ」

「最終段階とかなんとか、今の状況を分析してくれとは頼んでいない。君に尋ねたいのは、ひとつだ。で、どうするんだ、パリは」

「どうするといわれても、まだ真偽も確かめられていなかったし……」

「今確かめられたろう。で、どうする」

「そ、それは……」

「起《た》たないのか」

「な、なにをいうんだ、マクシム」

「だって、それしか手は残されていないだろう」

「といって、軍隊がいるんだよ。シャン・ドゥ・マルスに集結しているんだよ」

「怖いのか、カミーユ」

デムーランは口を噤《つぐ》んだ。見守りながら、ミラボーは心に呟《つぶや》いた。ロベスピエールも、よくいう。

暴力に萎縮《いしゅく》してしまうこと、誰より素早いという小男が、これだけ強気に論じるからには、王の軍隊など恐れるに足らずという先刻の話を、そのまま鵜呑《うの》みにしたのだろう。が、かかる事情を知らなければ、その強気は軽々しくも感じられるだろうし、少なくとも違和感は覚えられざるをえない。わけても、かねてロベスピエールを知る人間にしてみれば、反感さえ禁じえないはずだ。

「マクシム、君にいわれたくはない」

それくらいは叩《たた》き返すかと思ったが、どこまで萎縮しているのか、デムーランは反発も控え目だった。いや、軍隊が怖いというわけじゃない。

「僕なら恐れてなんかいない」

「ということは、起つのか」

「いや、それは、その、つまりは簡単な話じゃないよ。例えばオルレアン公が起つというなら、そのときは僕だって続かないわけじゃない。けれど……」

「オルレアン公が起たないかぎりは、なにもしないということか」

「ちょ、ちょっと待ってくれよ。どうして、僕なんだ」

「他をあたれというのか。はん、カミーユ、やっぱり他人任せなんじゃないか」

やりこめられて、デムーランは再び沈黙に後退した。いくらかムカと来ても、爆発するところまではいかない。パレ・ロワイヤルの輩《やから》はこんなものか。といって、ロベスピエールもロベスピエールであり、あらかじめ予想できた不甲斐《ふがい》なさを、ただ手厳しく責めているばかりでは、いつまでたっても堂々巡りから抜け出せない。

——そろそろ始めるか。

ミラボーは座りなおした。ときに、デムーラン君。そうやって水を向けると、先輩の詰問から逃れたい一心でか、癖毛の男は一発で縋《すが》るような目を向けてきた。

もちろん、こちらのミラボーには、それを優しく受け止めてやるつもりなどない。どころか、ロベスピエール以上に残酷に追いつめてやる。

乱暴なまでに脈絡を飛ばしながら、ミラボーは言葉を投げつけてやった。

「私たちに女と喋《しゃべ》られたくはないかね」

「えっ」

「つまりは、こうか。私たち二人のどちらかに、あの女を取られてしまうのではないかと、そんな風に心配したわけか」

数秒だけ目を泳がせたものの、それを今度のデムーランは、もう直後には吊《つ》り上げた。怒ったということだ。本当の意味で追い詰められたということだ。相手が格上であろうとなかろうと、もう一歩も引き下がれなくなったのだ。ああ、みておきたまえ、ロベスピエール君。こういうふうに進めるものなのだよ、挑発とは。

みえみえの虚勢で、デムーランは鼻で笑うことから話を改めた。リュシルを取られてしまう？　あなた方に？　はん、そんな心配するものですか。

「僕らは恋人同士なんですよ。互いを想い合う気持ちは、そんな脆《もろ》いものじゃありません。ええ、僕とリュシルは愛し合い、また尊敬し合っている。将来さえ誓い合う仲なんです。そういう女性を、あなたがたのどちらかに取られるだなんて……」

「ありえないかね。君は気持ちというけれど、それを我が身に靡《なび》かせてみせるという自信が、少なくとも私にはあるんだがね」

「馬鹿らしい」

「はは、そうやって片づけたい気持ちは察しないではないが、現に私に手を預けたとき、リュシル嬢もまんざらでない様子だったではないか」

「き、きき、きさま、リュシルを侮辱することだけは許さないぞ」

「侮辱したつもりはない。侮辱したことにもなるまい。それが人妻だというならば、あるいは侮辱したことになるのかもしれないが、リュシル嬢は君のものというわけではないんだろう」

「そ、それは……。結婚は、まだですが……。互いの気持ちは、ええ、互いの気持ちは、もう確かめ合っています。それなのに、あなたのような……」

「放蕩《ほうとう》貴族に、かね。醜い怪物に、かね」

「そうはいいませんが……」

「女は少し悪い男のほうが好きなものだよ」

「………」

「無垢《むく》で正しい女ほど、かえって不良に惹《ひ》かれてしまう。白薔薇《しろばら》のように美しい女ほど、かえって獣のような男に身を委《ゆだ》ねてしまう。そういうものじゃないかね、男と女とは」

「そうとは限りませんよ。それに……」

「ああ、それに私は悪いだけの男ではない。憲法制定国民議会の正しい議員だ。ロベスピエール君にしてみたところで、国政に参画する英雄のひとりなのだ」

そういう男なら、あるいはリュシル嬢も靡くかね。逃げ場なく切り返されて、デムーランは唇を噛《か》むことしかできなかった。

誠実だけが取柄の面白みのない男としてか。高論を吐く割には議員にも当選できない無能な男としてか。いずれにせよ、噛み締める思いは、いや増すばかりの劣等感であるはずだった。が、それを君は受け入れてしまうのか。駄目男で自分を片づけたきり、あの女をあきらめることができるのか。

――できるわけがない。

できるようなら、議員に立候補してなどいない。ああ、理想の社会を実現したかったわけじゃないんだろう。フランスのために働きたかったわけでもない。議員になりたかったのは、ひとえに自分を証明して、あの女の面前に正々堂々と進み出たかったからなんだろう。そうした問いかけは声に出さず、ただミラボーは懐中時計に目を落とした。おや、もう三時半をすぎているのか。

「さて、横道に逸《そ》れてしまった。ロベスピエール君、どこまで話したんだっけ」

「あ、はい。ネッケルの罷免《ひめん》については、皆が憤慨していると。それでもオルレアン公が起たないので、具体的な行動には移せないと、そこまでです」

「そうか。要するに他人まかせということだったんだな。はん、そんなふうなら、いっそ女も他人に任せたほうがよくないかね」

「…………」

「まあ、仕方ないか。オルレアン公からして、煮え切らない御仁《ごじん》だからな。はん、いずれにせよ、女を虜にできるような玉ではないな」

いうまでもなく、ミラボーは話を戻したわけではなかった。じくじく苛《いじ》めるような真《ま》似《ね》に及んで、デムーランに期待するのは、今度こその猛烈な反発である。ああ、ここが勝負の分かれ道だ。パレ・ロワイヤルで誰かが起つとするならば、この引くに引けない事情を抱えた男を措いてはありえないのだ。

「煮え切らないとは、この僕のことをいうのか」

案の定デムーランが質《ただ》してきた。その怒りを逆撫《さかな》でしてやるように、ミラボーは惚《とぼ》けてみせた。おや、なんの話だね。君の話なんかしていたかね。

た。

だん、と大きな物音がした。デムーランが両の拳《こぶし》を、カフェの小さな卓に叩きつけていた。衝撃に飛んだ杯は、地面に落ちるや、カチャン、カチャンと破片になって砕けた。

視線が集まるのがわかった。なお平然として、ミラボーは人差し指を曲げ加減で手を掲げた。給仕、これを片づけてくれ。それから、かわりをもってきてほしい。

「そうだな、今度はコニャックがいい」

デムーランのほうは周囲の目が気になるようだった。そのために声は低く戻したものの、なお内心の憤激だけは吐き出さずにおかなかった。給仕が硝子《ガラス》の杯を運んでくるや、すぐさま再開したことには、そうか、マクシムが教えたんだなと。全部聞いているというわけだなと。

「ええ、そうですよ、伯爵。ええ、僕はリュシルと結婚できないでいる。ですが、煮え切らないわけじゃありません。正々堂々と求婚もしています。ただ断られてしまった。リュシルにじゃありませんよ。父上に断られてしまったんです。娘の結婚相手として、しがない弁護士じゃあ……」

「だったら、英雄になれ」

ごと、と聞こえた音は重かった。悪くない演出だった。ミラボーが言葉と一緒に懐から取り出して、卓上に置いてみせたのは短銃だった。

「ああ、だったら、武器をとれ。丸腰じゃあ、リュシルの父親にだって勝てまい」

20――武器をとれ

デムーランは再び言葉を失っていた。困惑の表情は今にも泣き出しそうでさえあった。が、だからこそと無慈悲に徹するミラボーは、腹の底から響かせる声の凄味で続けてやった。さあ、この銃をくれてやる。空に向けて一発撃てば、それだけでパレ・ロワイヤル中が注目する。静けさのなかで叫べば、怒りのたけを吐露する君の演説こそは、霊感となって皆の胸に深く染み入る。

「言葉なら、ぱんぱんに詰まっているんだろう、頭のなかに」

「…………」

「その言葉に血肉を与えてこいというのだ。ああ、暴動を起こしてこい。いや、なんなら革命を起こしてくれても構わない」

「しかし……」

「英雄になりたくはないのか」

英雄になれば、リュシルと結婚できるんだぞ。父親にうんといわせる、なによりの武器になるんだぞ。そこでミラボーは、わざと下卑て嫌らしい笑みを浮かべた。君からは背中になってみえないだろうが、わかってるか、建物の硝子越しにリュシル嬢がみている。

「感じさせてやれ、色男。みているだけで女が身悶《みもだ》えてしまうくらいの、おまえのことが欲しくて欲しくて堪《たま》らなくなるくらいの、それは激しい演説を打《ぶ》ってこい」

「リュ、リュ、リュシルは、そんな女じゃあ……」

「わからない男だなあ、君も。そうすると、なにか。君の語る理想で女は興奮するのか。政情分析が素晴らしいからと、君に抱いてほしいと思うのか。ただじっとして、オルレアン公が起つのを待っていれば、女のほうから父親なんか捨てるといって、君と駆け落ちしてくれるのか」

「それは……」

「だいたいが、もう済んでいるのか、なには」

「………」

「まだだろうな。ああ、そんな調子じゃあ、たぶん死ぬまで無理だろう。だが、それでいいのか。女の隣に座りながら、ちらちら胸の谷間のぞいて、くんくん甘い汗の臭《にお》い嗅《か》いで、それ止まりで満足することができるのか」

俺《おれ》だったら、とてもじゃないが、我慢できないな。いたぶるような調子で、ミラボーは止《や》めなかった。ああ、肉の疼《うず》きに正直な男にこそ、女は抱かれたいと思うものだ。じっさい、ほら、目が合った。リュシル嬢は今も俺のことばかりみてるぞ。あっ、逸《そ》らした。あの臆病《おくびょう》そうな目が、たまらないな。今すぐにでも犯してやりたくなるな。いきなりドレスの裾《すそ》まくって、コルセットの紐《ひも》なんかバチバチ鋏《はさみ》で切ってしまって、丸裸に剝《む》いたら犬みたいに後ろから……。

「やめろ」

「やめない。女のほうも望んでいることだ」

「嘘《うそ》をいうな」

「嘘じゃないさ。少なくとも能書《のうがき》ばっかりで、ひとつも行動できない男よりは、何倍も喜ばれるさ」

「………」

「まあ、いい。君が行かないというなら、俺が行くまでのこと……」

「僕が行く」

デムーランは卓上の銃に手を伸ばした。

「ああ、やってやる」

危ういばかりに血走る目を確かめながら、ミラボーはコニャックの杯を押し出した。

それを奪うや、顎《あご》を上げて一気に干すと、デムーランは立ち上がった。すたすたと歩を進めて、植樹が並んだ庭の中央まで進むと、他の客が喫茶を楽しんでいるにもかかわらず、いきなり卓に土足で上がった。

ぱんと乾いた銃声が轟《とどろ》いた。建物に反響して、まだ止まないうちから、デムーランは大きな声で呼びかけた。市民諸君、聞いてくれ。もう時間は一分たりとも無駄にできない。なんとなれば、ヴェルサイユから確かな報《しら》せが届いたのだ。

「ああ、デマではなかった。ネッケルが罷免《ひめん》された。この更迭劇《こうてつげき》は新たなサン・バルテルミの夜の前触れだ。今夜にもスイスやドイツの傭兵《ようへい》どもが我々を皆殺しにするために、パリに突入してくるに違いないんだ」

ほお、とミラボーは感心した。「サン・バルテルミの夜」とは十六世紀、宗教騒乱の時代に、ときの王家が反抗的だった新教徒を一斉に虐殺して、パリに死体の山を築いた事件のことである。有名な故事を持ち出して、現下の危機を印象づける。さすがに知識人だと、そう感心したわけではない。

――あの鬼気迫る形相ときたら、どうだ。

ミラボーは驚きを吐露しないではおけなかった。野卑な風貌《ふうぼう》そのままに、まるで獣だ。言葉を吐くごと、歯を剝き出して、まるで肉塊に噛《か》みつくようではないか。劣等感、屈辱、焦燥、そして隠されていた自負、奥底に鬱積《うっせき》していた全ての感情を今こそと一気に

爆発させながら、おどおどしていたカミーユ・デムーランと、あれが同一人物だという
のか。
――よほど好きなんだな、あの女のことが。
冷やかし加減で続けるほどに、ミラボーの頰《ほお》では自然と笑みが大きくなった。ああ、
これは掘り出しものだったかもしれないな。
「そうだ。ああ、そうなのだ。我々が助かる方法は、ひとつしかないのだ」
デムーランは続けていた。
「武器をとれ」
呼びかけに呼応して、パレ・ロワイヤルに地鳴りが生じた。と思うや、四方の建物に
切り取られた小さな空に、ぶわと砂煙が舞い上がった。
皆が立ち上がっていた。もう大人しく椅子《いす》に留《とど》まるものなどいなかった。声を張り上
げ、拳《こぶし》を突き上げ、煮え切らない連中が燃えたのだ。我を忘れて、熱狂したのだ。ああ、
虐《しいた》げるものと虐げられるものが正面から激突する、恐るべき瞬間がやってくる。あっ
けなく死んでしまうか。永遠の自由を勝ち取るか。そう選択を突きつけられれば、我々
の合言葉はひとつではないだろうか。だから、さあ、よびかけよう。
「武器をとれ、と」
いや、大したものだ。いや、驚いた。デムーランという男には作家志望にありがちな

勘違いでない、本物の言葉の才があったというのだ。天性の煽動家《せんどうか》として、人々の熱情を優れて掻き立てるというのだ。ミラボーが心に感嘆の言葉を重ねていると、わきからロベスピエールが聞いてきた。

「でも、本当なんですか、伯爵」

なんの話だと怪訝《けげん》な顔で確かめると、ロベスピエールは背後の建物を示した。ですから、こういう激越な行動に出られると、女性は喜ぶという先の御説のことですよ。

「リュシルは心配そうな顔ですよ。ああ、みてください。おろおろしているくらいだ。それなのに喜ぶというのは……」

「嘘に決まっているだろう」

「そ、そうなんですか」

「当たり前だ。それは女の問題でなく、むしろ男の問題なのだ。強くあらねばならない、荒々しく振る舞わねばならない、雄々しく行動しなければならないと、そういう強迫観念から男は逃れられないものなのだ。それが証拠に、みたまえ、ロベスピエール君」

ただ熱狂しただけではない。舞い上がる砂煙に、今度は渦を巻かせながら、パレ・ロワイヤルは今にも動き出そうとしていた。高論ばかり唱えて、腰を上げようともしなかった連中が、少なくとも庭の植樹には襲いかかり、その葉という葉を毟《むし》り始めていたのだ。ああ、我々は戦いに繰り出すのだ。前後もない混戦を制するのだ。そのとき味方を見分けられるよう、今から目印を決めておこう。

「ネッケル家の御仕着《おしき》せは緑色だ。みんな、木の葉を帽子につけよう。その緑色を仲間の証《あかし》としよう。ああ、緑こそ希望の色だ」

「おおさ、ネッケル様もいらしたぜ」

「オルレアン公も御一緒だ」

そうデムーランに呼応した連中は、二体の胸像を担ぎ出してきていた。パレ・カルディナル七号館で見世物興行を行っている、クルティウス蠟人形館《ろうにんぎょうかん》から持ち出してきたもので、ネッケルとオルレアン公の蠟人形は気味が悪いほど本尊にそっくりだった。

それらを先頭に掲げながら、群集はパレ・ロワイヤルの通用門に殺到した。一度に数人しか通れないので、思うように前に進んでいかないながら、誰ひとり引き返そうとする者はない。

「暴動です。ミラボー伯爵、本当に暴動が始まりました」

ロベスピエールが興奮顔で声を上げた。

「のようだな。ああ、人間には生まれながらに人権が与えられている、そうルソーを唱えているだけでは始まらない。与えられたいと願うなら、それを自分の力で勝ち取らなければならない。そのことに男として、デムーランは気づいたのだ。気づいたことで、他の男たちまで覚醒《かくせい》させてしまったのだ」

こうでなくては歴史は動かんよ。まとめてしまうと、もうミラボーは踵《きびす》を返した。ロベスピエール君、だから、我々も行動を急ごう。議員には議員として、果たさなければならない使命がある。軍隊がセーヌ河の橋を閉鎖する前に、ヴェルサイユに戻らなければならない。もとより、これ以上パリにいても仕方がない。

「ヤクタ・アレア・エスト（賽《さい》は投げられた）」

あとは祈ろう。この暴動が革命にまで昇華してくれるように。混雑を避けるために、ミラボーは裏口に向けて歩き出した。裏手にあたるプチ・シャン通りは、パレ・ロワイヤルの騒擾《そうじよう》が嘘のように静かだった。自分の足音に重なりながら、小さく刻むような拍子が後に続いたことから、まだロベスピエールがついてきていることがわかった。

21——ルイ・ル・グラン広場

もう八時をすぎていたが、夜という感じはなかった。夏季の話であれば、まだ空には紫色の明るさが残っていたし、でなくとも大都会パリの市街地なのである。

カミーユ・デムーランはルイ・ル・グラン広場にいた。それは壁のように屹立《きつりつ》している高層建築の連なりに、ぐるりと周囲を守られている場所だった。昼間から薄暗いかわりに、何時になっても完全な闇《やみ》に没することがないのは、ことごとく建物が窓あかりを外に洩《も》らしているからだった。

——その橙色《だいだいいろ》が疲れた目に優しい。

デムーランは、ふうと大きく息をついた。知らず神経を張り詰めさせていたのだろう。ずっと止めっ放しにしていた呼吸を、ようやく解放できたような気分だった。涼やかな夜風にまで吹かれると、すっと総身の汗が引けて、不意の脱力感にも襲われてしまう。が、そうした慰めに、いつまでも甘えていられるわけではなかった。

——大変なことになった。

独り言のように言葉を洩らすと、その声が震えを帯びた。否応ない現実は変わらず目の前にあり、デムーランに再びの息苦しさを強《し》いていた。八角形の広場を埋めていたのは、ほとんどが名前も知らない群集だった。

——ぜんたい何人ぐらいいるだろうか。

千人か、二千人か、三千人か。いずれにせよ、ルイ・ル・グラン広場は人という人で溢《あふ》れかえり、まさに立錐《りっすい》の余地もなかった。デムーランが平静でいられないというのは、そうした人々が例外なく、頭に緑の木の葉を差していたからだった。

——これを僕が率いてきたというのか。

パレ・ロワイヤルで演説を打《ぶ》ち、そのまま聴衆に蜂起《ほうき》を呼びかけるなどと、それを実行する寸前まで真実ちらとも考えていなかった。いざ世界が動き出しても、このルイ・ル・グラン広場に辿《たど》り着くまで、ほんの数分しかたっていないと感じられるくらいに、ありとあらゆる出来事が急展開で前に進んだ。

——やはり、なにかの冗談なのか。

あるいは悪い夢でもみているのか。実際のところ、そう誰かが明かしてくれれば、デムーランは一も二もなく信じてしまうに違いなかった。

——というのは、これが本当の話だなんて……。

今さらの自問など許さないといわんばかりに、その間にも群集はデムーランを取り囲んだ。なす術《すべ》もなく巻きこまれたのは、競うように求められた握手攻めの渦だった。

「デムーランさんだ。デムーランさんは、ここにおられる」

大きな声を張り上げて、わざわざ触れてくれたのは、白い調理帽に大前掛けという中年男だった。こちらの名前を知るというのは、それがパレ・ロワイヤルの門前で「ラグノオ」という菓子屋を営んでいる、馴染《なじみ》の店主だったからだ。

「ああ、この方は弁護士なんだ。正義の言葉を存じてらっしゃる方なんだ」

「おお、おお、まさに正義の言葉だ。武器をとれだなんて、今このときのパリには、これしかないって言葉だぜ」

興奮の様子で抱きついてきたのは、今度は片足が義足の男だった。抱きついたというより、よろけただけなのかもしれなかったが、さておき上だけ古い軍服を羽織るからには、怪我《けが》で退役を余儀なくされた元軍人という線である。

「よくぞ立ち上がってくださった。ええ、ええ、デムーランさん、あなたは本当の英雄だ」

あげくに接吻《せっぷん》を押しつけてきたのが、白黒の僧服をまとう修道士である。一応はドミニコ会に属しているらしいのだが、住居も定まらない乞食坊主《こじきぼうず》の類《たぐい》だ。臭《にお》うので、できれば遠慮したいのだが、だからと一人や二人を押し返しても、あとからあとから殺到してきて、まさに際限というものがない。

「ええ、一生あなたについていくと決めました。あなたはパリの指導者です」

「いや、違う。デムーランさんは第三身分の指導者であられるのだ。我々を新しいフランスに導いてくださる預言者であられるのだ」

オルレアン公とネッケルの胸像を先頭に、人々がパレ・ロワイヤルを飛び出したのは、七月十二日も午後の三時半すぎだった。それが今の八時にいたるまで、あちらこちらパリの大通りを行進して回っていた。

「パンをよこせ」

「物価を下げろ」

「貴族の陰謀を許すな」

「軍隊は解散しろ」

「我らがネッケルを大臣に復職させせろ」

そうやって口々に叫びながら、行進は新たな通りに進むごと、新たな群集を合流させ、これに参加する人数を雪だるま式に増やしていったのだ。

いいかえれば、みるみるうちに、まさに蜂起という風を帯びた。なんらか実力行使に及んだわけではなかったが、幾重にも声を反響させるだけで十二分に不穏にみえたはずだった。

それは行進がシャンゼリゼにさしかかったときだった。わざと往来を邪魔するかに、赤い軍服が整列していた。退役軍人が伝えたところによれば、スイス傭兵《ようへい》の一個連隊らしかった。

大砲も四門ばかり引いていた。今にして振りかえれば、恐ろしいばかりの軍団なのだが、その刹那《せつな》は興奮していたということか、少しも怖いとは思わなかった。

いうまでもなく、スイス傭兵は居丈高に即時の解散を命じてきた。が、それを容《い》れる弱気など、こちらでは誰の胸にも疼《うず》くことがなかった。不遜《ふそん》な嘲弄《ちょうろう》精神まで発揮しながら、逆に皆して怒鳴りかえす勢いだったのだ。

「うるさい。スイス人は自分の国に帰りやがれ」

「おっと、ネッケル閣下だけは別だぜ」

「とにかく、山国育ちがパリジャンに、都会の歩き方を教えてんじゃねえぞ」

どちらが先に手を出したのか、わからない。怒声をぶつけ合っているうちに、小ぜり合いが始まった。肉弾にものをいわせる段になって、なお引き下がる気分もないでいたのだが、ほどなくパンと乾いた音が尾を引いて、シャンゼリゼの並木道に響いたのだ。

「…………」

スイス傭兵が発砲した。恐らくは、ほんの威嚇射撃にすぎなかった。それでもデムーランは、自分が汗だくになっていることに気づいた。いっぺんで総身が冷えて、寒さすら覚えたからだ。

――これは、さすがに洒落《しゃれ》にならない。

誰もが同じ思いを抱《いだ》いたらしい。あらかじめ示し合わせでもしていたように、もう直後には全員が逃走を開始した。全力疾走でシャンゼリゼを東に戻り、テュイルリ宮の庭園をかすめながら、ここまで逃げてくれば大丈夫かと、ようやく立ち止まる気になれたのが、ルイ・ル・グラン広場だったのだ。

「つっ」

デムーランは脛《すね》のあたりの痛みに気づいた。もみくちゃにされながらも確かめると、白い靴下に薄《うっす》ら血が滲《にじ》んでいた。覚えはないが、どこかにぶつけたのだと思われた。

ここまで走ってこられたのだから、大した怪我というわけではない。が、その痛みが俄《にわ》かに堪えがたく感じられた。振りかえるほど、それは衝撃の事実を示唆していた。

「武器をとれ」

そう自分が叫んでおきながら、デムーランは思い知らされたのだ。

――その武器がない。

こちらの人垣のなかにも、棍棒《こんぼう》だの、釘抜《くぎぬ》きだの、暖炉の火掻《ひか》き棒だのと、それらしき得物《えもの》を握りしめている輩《やから》は少なくなかった。が、なにしろ相手は軍隊なのだ。その全員が最新式の銃を支給されているのだ。

行進の道々で集めた情報によると、目下のパリでは陸軍士官学校付属のシャン・ドゥ・マルス、退役傷病兵の受け入れ施設アンヴァリッドというような軍管轄の基地に、簡単に兵士が集結しているには留《とど》まらなかった。遭遇したばかりのシャンゼリゼや、今このとき寄せられた情報では間近のルイ十五世広場などにも、一個連隊から数個連隊が出動しているようだった。

ルイ十六世橋には大砲が四門も運ばれて、砲台が築かれているとの報《しら》せもある。今や暴徒の殲滅《せんめつ》作戦が発動されて、なんら不思議でない状況であるにもかかわらず、こちらの人民に与えられている武器は、正しいながらも虚《むな》しい言葉と、あとは闇雲なばかりの怒りだけだというのだ。

——だまされた。

繰り返し寄せてくる群集に、なお愛想笑いで応《こた》えながら、デムーランは内心臍《ほぞ》をかむ思いだった。だまされた。ミラボーには完全にだまされた。こんな短銃ひとつ渡して、全体どうしろというんだ。まともな武器もないというのに、暴動など起こしようがないではないか。絵空事ばかりは、一体どっちのほうだというんだ。

——マクシムも、マクシムだ。

あんな山師と一緒になって、こんな無謀を押しつけてくるだなんて、それで本当の友達といえるのか。ああ、そうだった。秀才ロベスピエールは昔から冷たい先輩だったんだ。ぶつぶつ続けるような気分のあげくに、デムーランは泣き言に落ちていった。

――もう家に帰りたい。

我ながらの言葉に導かれると、もうひとつ心が流れていく先があった。

――リュシルは無事に家まで帰りついたろうか。

興奮の人々にパレ・ロワイヤルから押し出されながら、恋人のことは一緒についてこようとした友人のひとりに頼んでいた。悪いが、リュシルを家まで送り届けてほしい。うんと頷《うなず》いて引き受けた友人は、カフェ・ドゥ・フォワのほうに引き返したようだったが、あれからパリは混乱したのだ。であれば、愛《いと》しいリュシルは本当に家まで……。

――会いたい。

今すぐにでもリュシルに会いたい。心が流れるにとどまらず、身体《からだ》までが引きずられかけたところで、それを自問が押し止《とど》めた。僕はリュシルに会えるのか。いそいそと会いにいって、はたして受け入れてもらえるのか。この情けない男が本当に……。

「デムーランさん、デムーランさん」

人々は名前を呼び続けていた。デムーランは刮目《かつもく》した。ここでは受け入れてもらえている。それどころか、誰も彼もが奪うように手を出して、この僕を切に求めている。

「デムーランさん、これからいかがいたしましょう」

聞いてきたのは、ラグノオだった。この菓子屋を含めて、人々にはシャンゼリゼの発砲事件に萎縮《いしゅく》する風はなかった。もちろん危険は非常に危険と受け止め、逃げるは必死で逃げるのだが、だからといって、蜂起の意志を投げ出したりはしないのだ。

「また行進に繰り出しますか。左岸に渡って、今度はカルチェ・ラタンのあたりでも」

修道士が続けたが、左岸に渡ればシャン・ドゥ・マルスやアンヴァリッドが近くなるばかりだ。

——怖い。

やはり兵隊は怖い。やはり銃は怖い。刹那そう言葉が湧《わ》きながら、かかる臆病心《おくびようごころ》もろともに、デムーランは乾いた唾《つば》を呑《の》み下した。ああ、僕が臆するわけにはいかない。受け入れてもらえるのは、僕が他に代わりもないほどの英雄だからなのだ。起《た》てる勇気を持てる男は、ミラボーでなく、ロベスピエールでなく、ひとり僕だけだったからこそ、こうまで切に皆に求められているのだ。

「ああ、ならば行こう、パリを覚醒《かくせい》させるために」

はっきり、そう答えてやると、周囲は歓声を上げた。それがルイ・ル・グラン広場の隅々まで、まるで波紋が拡《ひろ》がるように連鎖していく。耳が痛いばかりに盛り上がった声は、ほどなくして、ひとつの名前に収斂《しゅうれん》していく。

「デムーラン、デムーラン、デムーラン、デムーラン」

デムーランは自分の奥深いところに、ぽっと焔《ほむら》が立つ感触を覚えた。それが紅蓮《ぐれん》の炎に長ずるだろうことも、もう直後には確信された。脛の傷など、痛くなくなっていたからだ。それどころか、かっかと総身が熱くなって、指の先まで力が漲《みなぎ》るようなのだ。

――これだ、これだ。

デムーランは思い出した。というより、忘れられるわけがなかった。ああ、そうだった。パレ・ロワイヤルで短銃を撃ち放した刹那に、もう虜《とりこ》にされてしまった感覚、この生まれ変わったような高揚感が、僕は嫌いじゃなかったんだ。

つい先刻まで猛《たけ》り狂い、四肢を激しく突き動かしていた火は、まだ熾《おき》として燃え続けていたようだった。だから、行こう。嗄《か》れるくらいに声を張り上げ、とことんまで正義を説いて、さあ、パリを歩いていこうじゃないか。

「ちょっと、まってくださいや」

不作法なくらいの強引さで、鼻先に手が出されていた。文字通りに出鼻を挫《くじ》かれた気分で、デムーランとしては憮然《ぶぜん》とせざるをえなかった。それでも義足の退役軍人は、構わずに続けたのだ。まってください。まってください。いま、太鼓の音が聞こえませんでしたか。

「…………」

顔が引き攣《つ》るのが、自分でもわかった。が、奥底の火は燃えて、まだ消えてはいなかった。デムーランは動くことができた。静かに、静かに、みんな静かに、耳を澄ましてみてくれ。

ざわめきが徐々に引けると、いれかわりに響いてきたのは、確かに太鼓の音だった。だらん、だらん。だらん、だらん。一定の拍子で叩《たた》かれ続けるほどに、合わせて石畳を叩くような馬の蹄《ひづめ》の音までが、無数に重なる厚みを伴い聞こえてくる。

「また軍隊だ」

と、デムーランは声に出した。

22――武器がない

軍隊は怖い。立ち向かいようがない。なんとなれば、僕らには武器がない。

――それでも逃げない。

そう自分に言い聞かせた、その直後から膝《ひざ》が震えた。もちろん、臆病《おくびょう》を恥じるくらいの男の意地は、デムーランとて持ち合わせていた。情けない、なんとか震えだけは止めたいと思うのだが、思うほどに膝の動きは大きくなって、左右の内腿《うちもも》をパタパタ鳴らす。

――このままでは恐怖に流されてしまう。

いや、流されてたまるかと、踏みとどまるのが精一杯だった。なにかを仲間に呼びかける余裕まではなかった。軍隊はといえば建物と建物の狭間《はざま》から、もうその姿を現しているのだから、さすがのデムーランの言葉も萎縮《いしゅく》するばかりになる。ああ、なんてことだ。今度は青い軍服だ。それも見上げる鞍上《あんじょう》の高さに銅色《あかがねいろ》の帽子があり、全てが、いうところの竜騎兵だ。

「恐らくは、ドイツ傭兵ですぜ」

と、退役軍人は続けた。ええ、ルイ十五世広場に集合してるといわれた連隊でさ。

ドイツ傭兵《ようへい》の竜騎兵団は、馬という大きな動物の胸板を無言の圧力に使うことができた。ゆうゆうたる歩みで人垣を分けて進み、ルイ・ル・グラン広場の中央にまで到達すると、太鼓の音が止《や》み、かわりに喇叭《らっぱ》が高らかに吹き鳴らされた。

出てきたのが、下士官らしき男だった。皆の注目を集めたあげくに、ドイツ訛《なま》りで続けたことには、これよりランベスク大公シャルル・ウージェーヌ・ドゥ・ロレーヌ閣下より、御言葉《おことば》があるであろうと。

受けて手綱を捌《さば》きながら、駒《こま》を何歩か進めたのは、なるほど派手な金糸を軍服にあしらうような将官だった。フランス語に訛りはないながら、その気取りが勝つような喋《しゃべ》り方は、今度は嫌味なくらいに貴公子然たるものだった。

「ええ、ルイ・ル・グラン広場の群集にお知らせいたします。私は国王ルイ十六世陛下により、騒擾《そうじょう》鎮圧の権を委《ゆだ》ねられて、パリに赴いております。とはいえ、できれば無体はしたくありません。ええ、ええ、悪いことは申しません。集会を速やかに解散して、各々《おのおの》それぞれに帰宅なされるがよろしい」

ランベスク大公が続けている間にも、ざわざわ囁《ささや》き合う声が波音のように高低していた。とはいえ、誰も正面きって答えを返すわけではない。そのかわりといおうか、デムーランは自分の身に注がれる、痛いくらいの視線を意識せずにはいられなかった。皆を代表して、指導者が答えてくれというのだ。そうする勇気を自分たちは持たないが、魁《さきがけ》に反旗を翻してくれるなら、後に続くことはやぶさかでないというのだ。

――他人まかせ、か。

そういう輩《やから》に圧力をかけられても、昨日までの自分ならば、一も二もなく逃げ出したに違いなかった。自身が他人任せの輩だったからだ。

――が、もう僕は変身したのだ。

実際のところ、デムーランは背筋をゾクゾクさせていた。臆病に駆られるというのではなく、それが快感だというのである。ああ、皆の期待に応《こた》えてやる。英雄として、まっこう敵を迎撃してやる。そう心に呟《つぶや》くほどに、全身の血が逆流して、ぼうと意識を麻《ま》痺《ひ》させるというのである。

ランベスク大公は畳みかけた。ルイ・ル・グラン広場の群集に繰り返します。

「かように無意味な集会は、即刻に解散して……」

「誰が解散するものか」

敢然と答えて出たとき、デムーランは拳《こぶし》を突き上げていた。

なんですと。短い言葉で瞠目《どうもく》したきり、ランベスク大公は絶句した。あるいは僕の迫力に気圧《けお》されたということか。ああ、そうだ。僕は負け犬なんかじゃない。僕はできる男なんだ。こちらのデムーランはといえば、勢いづくばかりだった。

「だから、解散するのは僕らじゃない。あなたがた、不法な軍隊のほうが先だ」

軍隊なら人民を守るのが本当じゃないか。貴族の陰謀に乗せられて、まんまと御先棒を担がされているような兵隊は、そのへんの野盗と変わるところがないじゃないか。デムーランは息が続くかぎりと並べたが、背後の人々はといえば、もう途中から聞こうともしなかった。号令を改める必要もない。反撃の狼煙《のろし》が上げられたと悟るや、すぐさま動き出したのだ。

怒号が渦巻いていた。重なるのは悲鳴のように馬が嘶《いなな》く声だった。人垣を分けて、無理に乗り入れてきたとはいうが、その兵団も裏を返せば、はじめから群集に取り囲まれている体《てい》だった。その群集が、もう大人しくしてなどいなかったのだ。

長靴《ちょうか》の拍車に手をかけ、あるいは軍刀の鞘《さや》をひっぱり、弾薬袋を奪おうとするものがいれば、馬口の馬銜《はみ》を乱暴に上下させるものもいる。させじと慌ててみたところで、竜騎兵は馬を転回させることさえできない。群集は数では劣らなかったからだ。土台がルイ・ル・グラン広場を埋め尽くしていたのだ。その厚みを利して押し寄せれば、馬など簡単に立ち往生させられる。

「ああ、このままドイツ野郎を引きずりおろせ」

「おおさ、いつまでも馬上で偉そうにさせておくな」

「のこのこと、ぜんたい誰の懐のなかに迷いこんできたのか、今こそ、たっぷり教えてやるんだ」

もちろん、ドイツ傭兵たちも、されるがままでいるはずがない。しゃらり、しゃらりと擦るような音を連ねて、馬上では次々と軍刀の鞘が払われていた。

「はん、びびるこたあねえぜ」

叫んだのは上着だけの軍服だった。斬《き》られるわけじゃねえ。軍刀の腹を打ちつけてくるだけだ。ああ、それが軍隊で叩きこまれる、群集の蹴散《けち》らし方なんだ。

「痛いが、肉を斬られるわけじゃねえ」

退役軍人の見立ては間違いではなかった。ドイツ傭兵は誰もが刀を横に寝かせていた。ひらひらと薄闇《うすやみ》に白いものが閃《ひらめ》く分には、十二分な凄味《すごみ》を醸していたのだが、それもカラクリが口伝えで群集に広まるにつれて、みるみる精彩を欠いていった。

恐れる必要はないと、そのことを知った人々は、なおも組みついてやめなかった。高まるばかりの怒号に曝《さら》され、さしもの竜騎兵も狼狽《ろうばい》の色を濃くするばかりだった。

じき馬上の男たちは、うろうろ目を泳がせ始めた。あちこち探したあげくに注がれる先は、下士官に守られながら、ただ茫然《ぼうぜん》としているだけのランベスク大公のようだった。指揮官の合図があれば、刀を縦にして斬りつけることができる。銃を構えて発砲することだってできる。群集を蹴散らすことくらい造作もなくなるが、それも軍隊の仕組で、全ては上からの命令あっての話なのである。

――裏を返せば、指揮官さえ沈黙させれば、兵隊は無力だ。

決断を求められている自覚は、ランベスク大公にもあるようだった。上品な髭《ひげ》の口許《くちもと》を、なにやら動かそうとはしているのだが、ぱくぱくと唇が空を切るばかりで、ひとつの言葉も声になっては出てこなかった。仮にあらんかぎりの大声で叫ぼうと、この怒号が充溢《じゅういつ》している広場で末端まで伝わるか、それさえ覚束《おぼつか》ないにもかかわらず、である。

――だから、今が好機だ。

デムーランは懐に隠したままの短銃を取り出した。急ぎ構えて、ランベスク大公に銃口を向けてから思い出したところ、もう弾丸がなかった。パレ・ロワイヤルで撃ち放した一発きりで、ミラボーに予備の弾薬は託されていなかったのだ。ああ、そうだった。こっちには武器がなかったんだ、こんちくしょうめ。

「撃て。誰か銃を持っていたら、あの気取り顔を撃つんだ」

デムーランは指示を改めたが、今度はランベスク大公も遅れなかった。下士官に耳打ちして、喇叭を高く吹かせたあげくの指令が、次のようなものだった。

「たいきゃーく、総員、たいきゃーく、いったんルイ十五世広場まで退く」

竜騎兵は退却まで難儀した。群集がこだわらなかったおかげで、なんとかルイ・ル・

グラン広場から解放されたという状態だった。馬上の背中は颯爽《さっそう》と乗りこんできたときよりも、はるかに小さく感じられた。それを優越感をもって見送りながら、もちろん人々は今こそと勝鬨《かちどき》を爆発させた。

「やった、やった。追いはらったぞ」

「ざまあみやがれ、ドイツ野郎」

「兵隊なんざ、これっぽかしも怖くねえや」

思い思いに喜びを表現していた声は、やはりというか、ひとつの言葉に収斂していく。あるいは、ひとりの名前といったほうが正確か。

「デムーラン、デムーラン、デムーラン、デムーラン」

デムーランの周囲も、もちろん沸いていた。いや、やりましたね、デムーランさん。ええ、デムーランさんのおかげです。いや、格好よかった、デムーランさん。ええ、女だったら一発で惚《ほ》れちまうところですよ、デムーランさん。

さかんに持てはやされながら、誰よりデムーランこそが嬉《うれ》しい。が、裏腹に上辺では、少し難しい顔を拵《こしら》えた。ひとつには今にも頬《ほお》が弛《ゆる》んでしまいそうだったからであり、もうひとつには、そうも他愛《たわい》ないのは英雄らしくないと、とっさに自戒の念が働いたためである。あげくに口に出したことには、やってやれないことはないものだなと。

「いや、僕のことはさておくとして、なんとかなるものだな。ああ、軍隊になど立ち向かいようがないと考えていたけれど、意外や意外で、なんとかなってしまうものだな」

「ほんと、大したことありませんでしたな。あいつらが強いのは、ちょっと脅せば、それで折れてくれるような、ちょろい相手と向き合うときだけなんでございますよ。いってみれば、弱い者いじめしかできないんで、ひとたび睨《にら》み返されようものなら、たちまち、へなへな、腰砕けになるという有様です」

菓子屋のラグノオは、いつになく辛辣《しんらつ》だった。かたわらで乞食坊主は、主《しゅ》がお守りくださったのです、アーメン、アーメンと、押しつけがましく十字を切って回っていたが、それまた謙虚にすぎるような気がした。

「ああ、軍隊といえども、怖がりすぎることはない」

と、デムーランはまとめた。なお侮れるような相手ではないが、はじめから萎縮しなければならないほど、どうにもならない強敵というわけではない。

「さすがはデムーランさんだ」

まったく仰《おつしや》る通りでさ。そう受けたのは、義足の古軍服だった。

まだ名前も聞いていないが、さっきから貴重な助言をしてくれた男である。軍隊経験者が裏打ちしてくれたのだから、僕の眼力も捨てたものではないんだろうな、もしや英雄に生まれついているのかもしれないなと、またも自尊心の高揚に頬が弛みかけたときだった。

「で、これから、どうします」

と、退役軍人は続けた。いうまでもない話ですが、ランベスク大公はいったん退却しただけです。ドイツの竜騎兵ども、ルイ十五世広場で態勢を立て直したら、またやってくるに違いありませんや。とすれば、今度は覚悟を決めて来ますぜ。刀だって縦で振ります。銃だって撃ち放します。大砲まで引いてこないとはかぎりませんや。

「もちろん、無用に恐れる必要はないんですが」

デムーランは冷水を浴びせられた気分だった。侮れないとはいいながら、やはり楽観がすぎたということか。所詮《しょせん》は素人であり、軍隊の本当の怖さは知らないということか。

とはいえ、それきり気持ちが挫《くじ》けるではなかった。自分に増して、周囲が臆病な目になっていたからだ。それを縋《すが》るようにして向けられれば、指導者が弱気に後退するわけにはいかないのだ。

「このままルイ・ル・グラン広場にいては危ないな」

と、デムーランは始めた。ああ、同じ手は二度と通用しないだろう。今度は発砲してくる可能性が高いんだ。こんな逃げ場もない場所に会していては、それこそ狙《ねら》い撃ちの的にされてしまうだけだ。

深い考えあっての発言ではなかったが、それでも退役軍人は頷《うなず》いてくれた。なるほど、なるほど、場所を変えるというのは、確かに妙案といえますぜ。ドイツ傭兵どもに対して、先手を打つことになりますからな。

「で、どこに動きます、デムーランさん」

「そうだな。んむ、ここからだと、まずはテュイルリあたりかな」

「なるほど、なるほど」

退役軍人は再び頷いてくれた。ふむ、そいつは卓見ですぜ。いや、さすがはデムーランさんでさ。

「たいへん申し訳ありませんが、この菓子屋にもわかるように話してもらえませんか」

ラグノオが飛びこんでくれた。デムーランは救われる思いだった。わからないのは、こちらの弁護士兼作家にしても同じであり、褒められながらも居心地が悪くて、曖昧《あいまい》に笑っているしかなかったからだ。

「あそこの庭園には築山《つきやま》があるからな」

それが退役軍人の答えだった。先に動いて、俺《おれ》たちで高いところを占めちまおうって話さ。即席の陣地に使えるだろうって、それがデムーランさんの作戦というわけだ。

「その通り、その通り」

後ろめたさから、デムーランは早目に割りこんだ。ああ、本格的な戦闘になるとすれば、陣地を築かないでは始まらないんだ。なんといっても、僕らには武器という武器もないわけだからね。まずは守りを固めなければ、戦うも戦わないもなくなるんだよ。もちろん、それで十分という話でもない。なお侮れるような相手ではないんだ。何度も繰り返すようだけど、敵は歴《れっき》とした軍隊なんだ。

「向こうに回して、僕らに強みがあるとすれば、数の力だけだ」

人数こそ僕らの武器なんだ。続けながら、デムーランは横目で退役軍人の表情をうかがった。無言ながらも頷いて、あながち外れてはいないようだった。

それは先の対峙《たいじ》から引き出した、なけなしの教訓だった。大柄なドイツ人の兵隊に、見上げるような馬上から睨まれては、普通は正対することも容易でない。が、それも圧倒できる数さえ揃《そろ》えられるならば、さして怖くはなくなるのだ。ひとりひとりは弱くとも、皆で伍《ご》すれば逆に威圧してやることだってできるのだ。

「だから、応援がほしいな」

「私が触れてまわりましょう」

と、修道士が引き受けた。ええ、パリ中に触れてまわります。「起《た》て、パリの健児たち、ドイツ兵とスイス兵が人民を皆殺しにしようとしている」くらいの台詞《せりふ》を、大声で触れてまいりましょう。

23——テュイルリ

テュイルリまでの移動は造作もなかった。迷路のような通りを抜けなければならないとはいえ、ルイ・ル・グラン広場からは数分の距離でしかないからだ。

とはいえ、一口にテュイルリといっても広い。テュイルリ宮の建物から西側に広がるのが、幾何学模様の庭園だった。それが尽きると、さらに西側に向かって、今度は並木の散歩道が始まる。つまりはセーヌ河岸に連なる敷地を占めながら、えんえん半リュー（約二キロ）ほども続いている格好なのだ。

築山《つきやま》というのは、庭園が散歩道に変わる繋《つな》ぎ目のところだった。庭園のほうが二トワーズ（約四メートル）ほど高くなっていて、そこから階段を下りると、ちょっとした広場があり、その広場から再び階段を下りると、そこからが散歩道という造りである。

デムーランが陣地を築いたのは、庭園の西端だった。築山の背後にバリケードを組んでしまえば、もう敵は前面の見下ろす低地から攻めてくるしかない地勢である。かかる陣地に篝火《かがりび》を焚《た》きながら、なお千人は下らない群集が、じっとして身構えていた。

――もう九時をすぎたろうか。

さすがに暗くなってきた。テュイルリが広大なだけに今はパリの窓あかりも遠く、彼方《かなた》に無数の小さな点として覗《のぞ》いているか、でなければセーヌの水面《みなも》に投じられて、ぼんやり揺れているだけだった。

こんもり葉を茂らせる並木が続くせいもあり、もう目とて通らなくなっていた。それでも刹那《せつな》は、築山に籠《こも》る群集の隅々までが緊張に捕われた。全員が敵襲を確信したからだ。また太鼓の音が聞こえてきたのだ。

やはりというか、ランベスク大公は集会が移動した先のテュイルリを突き止めた。だんだん蹄《ひづめ》の音を高めて、いよいよ階段を上がってくると、ドイツ傭兵《ようへい》の竜騎兵団は今度こそ隙《すき》なく隊伍《たいご》を組んでいた。

闇《やみ》に影となりながら、指揮棒が大きく振られるのがわかった。広場の入口で全隊止まれの号令がかけられると、おおよそ三中隊というところが下馬した。きびきび動いて、横一線に整列すると、膝《ひざ》をついて構えたのはマスケット銃だった。二度目となると、やはり本気だ。

「伏せろ」

と、デムーランは仲間に命じた。ちかちか赤いものが彼方の闇に瞬《またた》き、その直後に霧のような白い煙が流れた。

「くっ」

デムーランは短く呻《うめ》いた。ただ同じ場所に踏ん張るためだけに、うつぶせの姿勢から地面の砂に爪《つめ》まで立てなければならなかった。簗山が細かく振動したからだ。大地さえ動揺させる殺意のほどには、やはり戦慄《せんりつ》しないでいられなかったのだ。

恐怖をやりすごしている最中にも、銃声が尾を引いていた。恐ろしい。やはり、恐ろしい。なるほど、至近距離からの射撃なのだ。その破壊力は一通りのものであるはずがなかったのだ。

——自分は武器を持っていると思って……。

好き放題やるものだ。竜騎兵としては当然の攻撃であり、あらかじめ予想していた展開でもありながら、なにか卑怯《ひきょう》な真似《まね》をされたようで、デムーランは腹が立った。冷静なつもりだったが、あるいは話の脈絡も取れないくらい、激情が極まっていたということか。ちくしょう。ちくしょう。今にみていろ。ああ、やってやる。やってやる。

「はん、おまえたちの銃撃など痛いものか」

実際のところ、揺れたのは足元だけだった。退役軍人が卓見と褒めたのも、そこだ。簗山が絶妙だというのは、いかにドイツ傭兵が優秀でも、低い位置からの水平射撃では弾丸を土手に埋めこむしかできないからだ。頭上の陣地に伏せている人間のほうは、ひとりも傷つけられないのだ。

それからも何度か銃声が轟《とどろ》いたが、いずれの場合も動揺したのは、ひとり地面ばかりだった。銃撃をやりすごすほど、恐怖に強張《こわば》る人々の顔も解《ほぐ》れていく。完全に闇に没して、詳《つまび》らかには知れないながら、彼方には対照をなすドイツ傭兵の狼狽《ろうばい》顔が覗いてみえるようだった。

――なんだか楽しいものだな。

と、デムーランは思った。自分が戦いを楽しめる人間だなどと、昨日までは考えもしなかった。軍隊の集結に憤るほど、暴力など愚劣なばかりと軽蔑《けいべつ》してきた。いや、今も暴力そのものは結構と思うわけではないのだが、それにしても自分で考え、自分で行動し、あげくに敵を打ち負かすという営為が与えてくれる、ある種の快感までは否定することができなかった。

――相手に聞かれないところで、虚《むな》しく言葉を吠《ほ》えているよりは何倍も……。

ぶんぶんとデムーランは頭を振った。まて、まて。いくらか不謹慎じゃないか、カミーユ。でなくとも油断するのは、まだ早い。もとより、簡単に勝たせてもらえる相手ではない。

――だいいち、さあ、次が来るぞ。

銃声が止《や》んでいた。かわりに彼方の闇に感じられたのは、激するばかりの獣の息遣いだった。恐らくはランベスク大公だろう。影の動きとしてしかわからないながら、指揮棒が馬上から、さらに高くに掲げられたようだった。それが一気に振り下ろされる。

「突撃」

喇叭《らっぱ》が天高く猛《たけ》った。馬の嘶《いなな》きが連続して、竜騎兵が一斉に拍車を入れたことが知れた。暗がりにも、ぶわと大きく土煙が立ち上った。猛回転の蹄が叩《たた》きつけられることで起きる地響きは、銃撃に勝るとも劣らない脅威を確信させた。陣地の篝火が闇を押しやる位置にまで、あっという間に到達して、それが迫力の姿を現した。築山の高さくらい、一気に駆け上がってしまうだろうと、そのことも疑わせない勢いだった。

――が、させるか。

デムーランは無帽の頭を掻《か》きむしった。浴びせられた砂埃《すなぼこり》を払うと同時に、押しつけられた恐怖も振りほどくつもりだった。ああ、こちらには銃もない。ああ、馬力を利して突撃できるわけでもない。ああ、名もなき人民には依然として武器などないのだ。それでも、虚しい言葉だけが武器だろうとは侮るなかれ。言葉というなら、僕は穴が開くくらいに、何度も何度もジャン・ジャック・ルソーを読んだのだ。

「あげくの箴言《しんげん》が、自然に帰れだ、この野郎」

爪を立てたままの大地を、デムーランは大急ぎで手探りした。触れたのは固く丸い感触だった。ああ、自然に帰れば、原始の武器がみつかるのだ。人類最初の凶器は、文明の現代でも難なく手に入れられるのだ。

「だから、さあ、今こそ石を投げつけろ」

びゅん、びゅ、びゅんと風切り音が連続した。それはテュイルリに陣取るや、皆で拾い集めた賜物《たまもの》だった。芝生と美しい対照をなすために、庭園の装飾に撒《ま》かれていた白い小石は、ただ見栄えがよいだけでなく、投げるに手頃な大きさだったのだ。

庭園といえば、古代神話の神々を意匠しながら、無数の石像までが並べられている。手持ちの鉄鎚《かなづち》、釘抜《くぎぬ》きで叩き壊し、粉々に砕いてしまえば、これまた十二分に投石の用を足す。そうして集めた大量の石礫《いしつぶて》を、数のうえでは兵隊など優に凌《しの》げる群集が、手に手につかんで一斉に投げつけたのだ。

「どうだ」

がんと鈍く鳴る音は、竜騎兵自慢の銅兜《どうかぶと》に命中した証拠だった。ぐっ、がっ、うっと、くぐもるような呻き声が連続すれば、かたわらでは馬が高く嘶いた。前脚を浮かせる暴れ方をされては、落馬も相次がざるをえない。

広場の冷たい土に倒れると、何人かの兵隊はそのまま動かなくなった。なるほど、篝火が広げた橙色《だいだいいろ》のなかに歩を入れたが最後で、突撃のドイツ傭兵は投石の餌食《えじき》になる。苦痛のあまりに目をつぶり、あるいは体勢を大きく崩し、いわんや落馬した輩《やから》などは、ここぞと狙《ねら》い撃ちにされるのだ。

原始の武器でも、やはり武器は武器だった。実際のところ、痛いだろう。洒落《しゃれ》にならないくらいに、苦しいだろう。鉄砲でないならば、誰も傷つけられないなどと端《はな》から高をくくるようなら、それこそ文明に毒された証拠だと思い知れ、こんちくしょうめ。

「投げろ、投げろ、どんどん投げろ」

デムーランは立ち上がった。自分で石を投げるより、そうやって皆を鼓舞するほうが先だった。ああ、休むな。ここで頑張れば、勝てるんだ。軍隊を相手に名もなき人民が勝利するんだ。

またデムーランは楽しくなった。かっかと身体《からだ》中が燃えて、なんて熱いんだろう。指の先まで光が満ちていくようで、なんて充実しているんだろう。

あげくに頭は早くも自分の栄光に流れていく。ああ、名もなき人民の勝利というが、それは僕の名前をこそ高めてくれる壮挙のことじゃないか。ミラボーじゃない。ましてや、ロベスピエールなんかであるはずがない。人民を率いて戦う英雄は、このカミーユ・デムーランなのだ。

「………」

デムーランは知らず汗だくになっていることに気づいた。一気に冷えてしまったから、経験則からいえば、それは不吉の前兆に他ならなかった。

「うがっ」

陣地にも短い呻きが上がった。それも近い。ハッとして目を飛ばすと、数歩先に人が倒れて、もがくような激しい動き方だった。が、二秒と続かない。暴れていた四肢からは、完全に力が抜けた。死んだのか。が、末期《まつご》の声は聞こえなかった。どういうわけだと自問したとき、デムーランは気がついた。

──顔の半分がない。

なくなったあとは、つぶれた石榴《ざくろ》のような赤黒い色をしていた。こみあげるものがあった。奔流しようとする嘔吐《おうと》の勢いを、デムーランは必死の思いで押しとどめた。銃声が連続していた。ドイツ傭兵どもは射撃を再開した。死んだばかりの男は、弾丸が命中して、脳味噌《のうみそ》ごと吹き飛ばされてしまったわけだ。恐らくは即死だったにもかかわらず、なお身体は命に執着するあまり、数秒音なくもがいたのだ。

──にしても、どうして……。

水に飛びこむような動きで、デムーランは再び地面に這《は》いつくばった。じゃりじゃり口に砂を嚙《か》むことになったのは、がちがち歯を鳴らしていたからだった。だから、立ち上がっては駄目なのだ。いくら築山に陣取ろうと、調子に乗って立ち上がってしまっては、とたん銃撃の的にされてしまうのだ。

「いやだ」

そう吐いたとき、もうデムーランは冷たい砂しかみていなかった。顔など上げられない。上げる気になどなれない。こんなのは嫌だからだ。こんなところじゃ、死ぬに死ねないからだ。どうでも死ななければならないなら、せめて一目だけでもリュシルに。

「…………」

会いたければ、男子たれ。デムーランは発作の手つきで砂を集め、それを自ら口のなかに押しこんだ。むう、むう、むう、むう。そうして悲鳴を隠してから、ぶっと砂を吐き出した勢いで、試みたのは再び声を張り上げることだった。

「気をつけろ、みんな、頭を低くして、敵の銃撃に気をつけろ」

退役軍人が後を受けてくれていた。ああ、デムーランさんの仰《おっしゃ》る通りだ。ドイツ傭兵ども、援護の射撃に切り替えてきやがった。

――援護ということは……。

デムーランは戦慄した。援護ということは、また竜騎兵は突撃を敢行してくるのか。こちらの頭上に、びゅんびゅん銃弾を走らせながら、そうすることで投石を封じこめ、同時に竜騎兵を築山に突入させるというのが、ランベスク大公の作戦なのか。

――にやけた貴族が、ふざけた真似を……。

させるものかと憤激しながら、石を投げようとしたのだが、そうして半身を立てただけで、弾丸が掠《かす》ってすぎる。

つうと自分の血が頰《ほお》を伝い流れるのがわかった。そのことを手で確かめるより先に、またデムーランは身体を伏せなければならなかった。

「ぎゃあ」

「ひぐっ」

後列に悲鳴が相次いでいた。弾込めの時間も惜しいと、撃ち手を休みなく交替させて、今や敵の銃撃も斉射の段階になっていた。ドイツ傭兵どもは本気なのだ。なのに僕らはといえば、投石も思うにまかせていない。頭を上げることさえできない。

24——武器がほしい

——勝てるわけがない。

そう弱音を吐き出す間に、銃声が止んでいた。あっと思っているうちに、一騎が築山《つきやま》に乱入した。だから、銃撃は援護なのだ。連中は突撃でかたをつけるつもりなのだ。

白刃に篝火《かがりび》の色を宿しながら、ひらひら軍刀が乱舞していた。今度は腹で打つ動きではない。縦に斬《き》りつける動きだ。が、それが振り下ろされる寸前に、馬が悲鳴のような嘶《いなな》きを上げた。

ハッとしてみやると、誰かが獣の脇腹《わきばら》に体当たりしていた。どばどばと赤黒い液体が滴り落ちて、恐らくは包丁もろともだったのだろう。

腹を裂かれた痛みに、馬が暴れ出した。突入の竜騎兵は落馬した。それは、こちらの陣地のうちだ。果物にたかる蟻《あり》を連想させながら、その身体に群集が殺到した。ぐちゃ、ぐちゃと嫌な音が聞こえて、いうまでもなくドイツ傭兵《ようへい》は身体を鱠《なます》にされたのだろう。

が、そうして敵に引導を渡していた連中も、直後には銃撃の餌食《えじき》にされてしまうのだ。

——だから、立つなといったろう。

何発も銃弾を撃ちこまれて、まるで操り人形が踊るような動きだった。それが糸が切れたように、力なく地面に落ちる。横目のデムーランは、とっさに頭を抱えて、まだ蹲《うずくま》るままだというのに、あっ、また銃声が止んだと思う頃には、新たな竜騎兵が築山に突入してくるのだ。

しかも今度は二騎だった。築山の人々は這《は》うような格好で、もはや逃げ惑うばかりだった。

教訓だけは得られていた。波状攻撃が同じことの繰り返しなら、こちらにはなす術《すべ》がないのだ。覚悟を決めて、ドイツ傭兵に肉弾戦を挑んだところで、また鉄砲の的にされてしまうだけなのだ。

——やはり、無理なんだ。

軍隊を相手に戦えるわけがない。いや、土台が暴動なんか、簡単に起こせるものじゃなかったんだ。また心に弱音が湧《わ》いたが、そのまま果ての諦《あきら》めまで押し流されてしまわずに、デムーランは必死に踏みとどまろうとした。ああ、僕は引き下がるわけにはいかない。昨日までの弱虫に戻るわけにはいかない。

——だって、もう僕は英雄になったんだ。

竜騎兵は次から次と築山に乗りこんでいた。もう投石はないと踏んだのだろう。ならば、まだまだ乗りこんでくるだろう。

オルレアン公も、ネッケルも、蠟人形《ろうにんぎょう》の胸像は二体とも馬の蹄《ひづめ》に踏みつぶされ、すでにして粉々だった。これみよがしに軍刀を振り回し、ただ逃げるしかない人々を追い回している兵隊どもはといえば、もう嫌味な余裕さえ感じさせていた。

――けれど、おまえら、どれほどの人間なんだ。

デムーランは掌《てのひら》で下から頰《ほお》を押し上げた。こびりついた砂は涙を吸いながら、ほんど泥になっていた。が、もう泣いたりするものか。

「うわあ、ああ、ああ」

意味なく声を張り上げながら、デムーランは立ち上がった。ああ、ああ、ああ、ああ。ぱっと駆け出し、行手を阻《はば》むように一人の竜騎兵の前に立つと、取り出したのはミラボーに授けられた短銃だった。

「おまえ、死ね」

言葉にして銃を構えると、刹那《せつな》ひくと竜騎兵の頰が痙攣《けいれん》した。目が狼狽《ろうばい》に揺れて、とっさに動かしたのは軍刀を翳《かざ》していた右手でなく、手綱を捌《さば》く左手だった。人々を追い回していた馬の向きを反転させて、すぐさま逃げにかかったのだ。そうだ。おまえらは、そうなんだ。銃を向けられると、とたんに逃げる。弱いもの苛《いじ》めしかできない、愚劣な輩《やから》ということなんだ。

「だから、死ね」

かちり、と小さな金属音ばかりが続いた。デムーランの短銃は空である。それくらい、わかっている。が、狼狽を目撃された竜騎兵は、その秘密を許せないようだった。

今度は怒りに目を吊《つ》り上げて、勢いよく拍車を入れた。迫り来る馬の蹄は、まるで頭を打ち据えようと、振り下ろされる槌《つち》だった。逃げなければ……。

「くらえ、この卑怯者《ひきょうもの》」

銅色《あかがねいろ》の兜《かぶと》めがけて短銃を投げつけると、あとは命中したかどうかも確かめられない。疾駆する獣の気配に背中を追われて、とにかくデムーランは走った。

こんなところで死ぬものか。まだ死んでたまるものか。その一念で逃げ回るも、今や竜騎兵団は築山陣地のいたるところを闊歩《かっぽ》していた。もはや右往左往するばかりの群集めがけて、好きに軍刀を振り下ろし、笑みさえ浮かべる輩もいる。

篝火のあかりが、ぼやけていた。またデムーランは涙した。が、こみあげたのは悔しさだった。蜂起《ほうき》できないわけじゃないんだ。兵隊なんか怖がったものじゃないんだ。ああ、戦ってやる。ああ、こんな下らない連中は、本当なら目じゃないんだ。

——ただ僕らには武器がない。

デムーランは前のめりに転んだ。手をついたところに石があり、それをとっさに投げつけるも、逃げ惑う仲間にぶつけただけだった。ああ、どれだけの人数を集めたところで、それだけでは兵隊は倒せない。

──武器がほしい。

デムーランは願わずにはおけなかった。ああ、石でなく、鉄鎚《かなづち》でも、包丁でもなく、本物の武器がほしい。兵隊と同じ武器だ。連中に身の程を教えてやれる武器だ。

──ああ、僕も銃がほしい。

それが現実には与えられていなかった。手にできないかぎり、やはり蜂起は無謀なのか。軍隊になど、刃向かえたものではないのか。いよいよ頭上に迫る殺気に抗しながら、デムーランが腕を翳したときだった。

なにか異変が起きていた。それが証拠に竜騎兵の軍刀も、虚空に呪縛《じゅばく》されたままだった。馬上から銅の兜を巡らせた先は、テュイルリ階段を下りた散歩道のほうだった。が、そんなところに、なにがある。ランベスク大公が命令を出している、おまえたちの陣地があるばかりではないか。

自分の目で確かめようにも、彼方は闇《やみ》に没していた。それでも、わかる。どんどん大きく聞こえてくるのは、だらん、だらんと拍子を刻む太鼓の音だった。

吉報ではなかった。また軍隊だ。その行進で軍靴《ぐんか》を鳴らして、今度は歩兵隊だ。

「万事休す、か」

竜騎兵だけで壊滅寸前に追いこまれているというのに、ここに来て新手である。恐らくはランベスク大公の求めに応《こた》えた増援部隊なのである。ああ、ここまでだ。ついに絶望の言葉を吐き出すと、デムーランは小さく女の名前を呼んだ。

「リュシル」

リュシル、リュシル。やっぱり僕は、もう一目でも君に会いたかった。かなわず殺されてしまうとしても、勇気ある闘士として死ぬのだから、君の笑顔を瞼《まぶた》に思い浮かべるくらいのことは、ねえ、リュシル、君も許してくれるだろう。デムーランは目を閉じた。

やはり銃声が轟《とどろ》いた。やはり悲鳴が上がった。

「えっ」

デムーランは刮目《かつもく》した。なにか、おかしい。

だいいちに竜騎兵が馬首を返した。自分を追いかけていた奴《やつ》だけではない。全員が慌てた様子で、我先と競うように築山を下りていく。

なにごとかと立ち上がり、こちらも陣地の最前まで出てみると、赤い光が無数に瞬き、やはり彼方《かなた》の闇では銃撃が行われていた。が、その弾丸は築山から引き返した竜騎兵を捉《とら》えたのだ。

騎手を失い、馬が右往左往していた。落下した先の広場で七転八倒しながら、軍服に血溜《ちだ》まりを抱えていたのは、やはりドイツ傭兵で間違いなかった。

誤射か、とデムーランは思った。あるいは流れ弾にやられたのか。いや、まて。同じ銃撃にさらされて、落馬が相次いでいた。撃ち抜かれるのは竜騎兵ばかりであり、それも突入のドイツ傭兵に留《とど》まらなかった。後方で援護射撃に努めていた三中隊も、それまでの暗がりから篝火の橙色が届くところに飛び出してくる。

――逃げている、のか。

必死の形相で駆けこみながら、連中は常に背後を気にしていた。ときおり身体を反転させて、発砲を試みる兵隊もいた。やはり逃げている。しかし、なぜだ。さらに彼方のテュイルリの散歩道から、全体なにが押しよせてきたというのだ。

――そこには軍隊しかいないだろうに。

悲鳴さえ圧するくらいに、太鼓の音が大きくなった。ようよう姿を明るみに近づけたのは、やはり青軍服の歩兵隊だった。隊伍《たいご》を組んで前進しながら、二中隊ほどの全員が銃を構えていた。先刻からの攻撃も、この新手の部隊で間違いない。

――しかし、だ。

隊列から一人が分かれた。悶絶《もんぜつ》していた竜騎兵に近づくと、その大柄な歩兵は銃剣で止《とど》めを刺していた。しかし、おまえは王の軍隊ではないのか。ドイツ人とはいえ、その兵隊も兵営の仲間ではないのか。

「あれっ、あいつはロベールじゃないか」

築山の手摺《てすり》に身を乗り出しながら、声を上げたのは菓子屋のラグノオだった。ああ、そうだ。あの図体は見間違えようがねえ。

デムーランは駆け寄った。ラグノオ、それは、どういうことなんだい。

「ああ、デムーランさん。いや、ですから、あいつ、うちの婿なんですよ」

「婿というのは」

「一人娘をフランス衛兵隊の軍曹にくれてやっておりましてね」

「フランス衛兵隊だって」

「ええ、青い軍服の内着は赤のチョッキでしょう。あれは衛兵隊の制服でして」

フランス衛兵隊は買収されている、金欠王家のかわりにパリの大ブルジョワが給金を肩代わりしているからだと、そういう噂《うわさ》が流れていたことは事実である。

「それでも軍隊には変わりないだろう。国王に忠誠を誓う兵隊なんだろう」

「いや、ですから、やはり持つべきものは器量よしの娘なんです。おっぱいまで立派に育ってくれたかと思えば、王の兵隊を虜《とりこ》にしちまって、あげくが人民のために寝返らせちまうんですからね」

そういうことなのか、とデムーランは自問した。そういうことで、この幸運を信じてしまっていいのか。ラグノオは当たり前のような口ぶりで続けた。

「はん、ドイツ傭兵なんかと一緒にしてもらっちゃ困りますよ、デムーランさん。土台がフランスの兵隊なんです。フランス人に銃を向けるわけがありませんよ」

「その通りだな、ラグノオ親爺《おやじ》」

デムーランも認めた。将校ならぬ兵卒は、大半が第三身分である。親も第三身分ならば、兄弟も第三身分、新造《しんぞう》も第三身分ならば、生まれた子供も第三身分というわけで、実際にパリは一部の兵士とは友好関係を築いていた。

わけてもフランス衛兵隊についていえば、上官に反抗した兵士がアベイ監獄に投獄されたときなど、パレ・ロワイヤルの有志を中心に運動して、その釈放に漕《こ》ぎつけたことさえあったくらいだ。

――その借りを返すということか。

銃声が続いていた。やはり倒れるのはドイツ傭兵ばかりだった。いや、戦闘の最中には、場違いにも小躍りに興じる僧服までがみつかった。ええ、そうです。フランス衛兵隊が我々の味方になってくれたんです。窮地を知るや、駆けつけてきてくれたんです。パリ中に加勢を説いて回ると出かけた、あの調子のよい修道士だった。ああ、そういうことなんだ。大きく声を上げながら、デムーランは再び足元の石をひろった。だから、僕たちも戦おう。今度こそ力を合わせて戦おう。

主要参考文献

・J・ミシュレ『フランス革命史』（上下）桑原武夫／多田道太郎／樋口謹一訳　中公文庫　2006年
・R・ダーントン『革命前夜の地下出版』関根素子／二宮宏之訳　岩波書店　2000年
・R・シャルチエ『フランス革命の文化的起源』松浦義弘訳　岩波書店　1999年
・G・ルフェーヴル『1789年―フランス革命序論』高橋幸八郎／柴田三千雄／遅塚忠躬訳　岩波文庫　1998年
・G・ルフェーブル『フランス革命と農民』柴田三千雄訳　未来社　1956年
・S・シャーマ『フランス革命の主役たち』（上中下）栩木泰訳　中央公論社　1994年
・F・ブリュシュ／S・リアル／J・チュラール『フランス革命史』國府田武訳　白水社文庫クセジュ　1992年
・B・ディディエ『フランス革命の文学』小西嘉幸訳　白水社文庫クセジュ　1991年
・E・バーク『フランス革命の省察』半澤孝麿訳　みすず書房　1989年
・G・セレブリャコワ『フランス革命期の女たち』（上下）西本昭治訳　岩波新書　1973年
・スタール夫人『フランス革命文明論』（第1巻〜第3巻）井伊玄太郎訳　雄松堂出版　1993年
・A・ソブール『フランス革命と民衆』井上幸治監訳　新評論　1983年

・A・ソブール『フランス革命』（上下）小場瀬卓三／渡辺淳訳　岩波新書　1953年
・P・ニコル『フランス革命』金沢誠／山上正太郎訳　白水社文庫クセジュ　1965年
・G・リューデ『フランス革命と群衆』前川貞次郎／野口名隆／服部春彦訳　ミネルヴァ書房　1963年
・A・マチエ『フランス大革命』（上中下）ねづまさし／市原豊太訳　岩波文庫　1958〜1959年
・J・M・トムソン『ロベスピエールとフランス革命』樋口謹一訳　岩波新書　1955年
・野々垣友枝『1789年　フランス革命論』大学教育出版　2001年
・河野健二『フランス革命の思想と行動』岩波書店　1995年
・河野健二／樋口謹一『世界の歴史15　フランス革命』河出文庫　1989年
・河野健二『フランス革命二〇〇年』朝日選書　1987年
・河野健二『フランス革命小史』岩波新書　1959年
・柴田三千雄『フランス革命』岩波書店　1989年
・柴田三千雄『パリのフランス革命』東京大学出版会　1988年
・芝生瑞和『図説　フランス革命』河出書房新社　1989年
・多木浩二『絵で見るフランス革命』岩波新書　1989年
・川島ルミ子『フランス革命秘話』大修館書店　1989年
・田村秀夫『フランス革命』中央大学出版部　1976年
・前川貞次郎『フランス革命史研究』創文社　1956年

◇

- Alder, K., *Engineering the revolution: Arms and enlightenment in France, 1763–1815*, Princeton, 1997.
- Anderson, J.M., *Daily life during the French revolution*, Westport, 2007.
- Andress, D., *French society in revolution, 1789–1799*, Manchester, 1999.
- Andress, D., *The French revolution and the people*, London, 2004.
- Bailly, J.S., *Mémoires, T.1–T.3*, Paris, 2004–2005.
- Bessand-Massenet, P., *Robespierre: L'homme et l'idée*, Paris, 2001.
- Bonn, G., *Camille Desmoulins ou la plume de la liberté*, Paris, 2006.
- Bourdin, Ph., *La Fayette, entre deux mondes*, Clermont-Ferrand, 2009.
- Burnand, L., *Necker et l'opinion publique*, Paris, 2004.
- Campbell, P.R. ed., *The origins of the French revolution*, New York, 2006.
- Carrot, G., *La Garde nationale, 1789–1871*, Paris, 2001.
- Castries, Duc de, *Mirabeau*, Paris, 1960.
- Chaussinand-Nogaret, G., *Louis XVI*, Paris, 2006.
- Desprat, J.P., *Mirabeau: L'excès et le retrait*, Paris, 2008.
- Dingli, L., *Robespierre*, Paris, 2004.
- Dufresne, C., *Les révoltes de Paris*, Paris, 1998.
- Félix, J., *Louis XVI et Marie-Antoinette*, Paris, 2006.

- Fray, G., *Mirabeau, L'homme privé*, Paris, 2009.
- Gallo, M., *L'homme Robespierre: Histoire d'une solitude*, Paris, 1994.
- Hardman, J., *The French revolution sourcebook*, London, 1999.
- Haydon, C. and Doyle, W., *Robespierre*, Cambridge, 1999.
- Lever, É., *Marie-Antoinette: La dernière reine*, Paris, 2000.
- Livesey, J., *Making democracy in the French revolution*, Cambridge, 2001.
- Lüsebrink, H.J. and Reichardt, R., *The Bastille: A history of a symbol of despotism and freedom*, translated by Schürer, N., Durham, 1997.
- Mason, L., *Singing the French revolution: Popular culture and politics, 1787–1799*, London, 1996.
- McPhee, P., *Living the French revolution, 1789–99*, New York, 2006.
- Robespierre, M. de, *Œuvres de Maximilien Robespierre, T.1–T.10*, Paris, 2000.
- Robinet, J.F., *Danton homme d'État*, Paris, 1889.
- Saint Bris, G., *La Fayette*, Paris, 2006.
- Schechter, R. ed., *The French revolution*, Oxford, 2001.
- Scurr, R., *Fatal purity: Robespierre and the French revolution*, New York, 2006.
- Shapiro, B.M., *Traumatic politics: The deputies and the king in the early French revolution*, Pennsylvania, 2009.
- Tackett, T., *Becoming a revolutionary: The deputies of the French National Assembly and the emergence of a revolutionary culture(1789–1790)*, Princeton, 1996.

- Vovelle, M., *1789: L'héritage et la mémoire*, Toulouse, 2007.
- Vovelle, M., *Combats pour la révolution française*, Paris, 2001.
- Walter, G., *Marat*, Paris, 1933.

解説

鹿島茂

佐藤賢一は、世代からして「遅れてきたロマン主義者」である。

彼の血の中には熱狂と冒険に対する渇望が煮えたぎっている。

だが、時代はすでに「常態への復帰」を完全に成し遂げ、渇望を癒してくれるような「闘いの場」はどこにも用意されてはいなかった。

すでに輝かしい闘いの時代は遠く過ぎ去り、それが再び戻ってくることは当分ありそうもない。あるのは、田舎道のようにどこまでも続く平凡な日常だけ。

そこで、同世代の若者のある者は、熱狂と冒険を求めて日本の外に出ていった。インドの混沌、アマゾンの密林、中東やカンボジアの戦場。ようするに、水平に移動すれば、まだまだ「闘いの場」が残っているように思えたのだろう。戦場ジャーナリストや辺境カメラマンなどがこの典型である。

だが、わざわざ旅をして、遠くまで追い求めなくとも、垂直に移動しさえすれば、熱狂と冒険は容易に見出《みいだ》すことができる。つまり、歴史の中には無限の宝が埋蔵されているのだから、これを掘り起こしさえすればいい。

佐藤賢一はこう考えたにちがいない。そして、まず歴史家に、ついで歴史小説家になったのだ。

だが、なぜ歴史家ではなく、歴史小説家になったのか？

それは、史料に制約される歴史家では、歴史を動かす本当の動因は解明できないと考えたからに違いない。おそらく、彼は、自らのうちに沸々とわき起こる熱狂と冒険への渇望から、歴史の真の動因はこれではないかと類推を働かせたのだが、当然ながら、史料にはそうしたものは現れてこない。ならば、歴史小説家の想像力でこれを再構築するしかない。

幸い、彼には倣うべきモデルがあった。

アレクサンドル・デュマ・ペール（以下、デュマ）である。デュマこそは、佐藤賢一が自己を仮託できる模範であった。

それは、デュマが歴史小説家だからというのではない。

デュマもまた大革命とナポレオンの時代に遅れてきたロマン派世代で、熱狂と冒険の対象を現実の中には見出せず、歴史の中に求めざるをえなかった口だからである。

この意味で、デュマの小説というのは、現実ではなしえなかった「革命」をフィクション的歴史の中で実現する「バーチャル革命」と見なすことができる。デュマの歴史小説は、時代設定と状況はさまざまでも、基本的にすべて、無一文・無一物の主人公が逆境から身を起こして、ついに一国の支配者に等しい存在になりおおせる「国取り物語」の性格を有している。だからこそ、若い読者はダルタニャンやエドモン・ダンテスなどのヒーローに自己同一化し、「ともに闘っている」気持ちになることができるのである。

佐藤賢一は、デュマの小説を読みながら、主人公とともに熱狂し、冒険に身を任せたにちがいない。そして、ありとあらゆる時代の「国取り物語」を生きたのだ。

だが、デュマの小説群があれほど網羅的であるにもかかわらず、まったく手付かずのままに残されている一つの時代がある。

大革命の時代である。

このフランス最大の動乱期こそ、若き日のデュマが最も熱い思いで想像力を働かせていた時代にほかならない。だが、さすがのデュマをもってしても、フィクションとして扱うには、フランス語でいうところのルキュル(全体を見るのに必要な空間的・時間的隔たり)が足りなかったものと思われる。あるいは、大革命の時代を物語にする意図はあっても、それだけの余裕がデュマの人生に残されていなかったのかもしれない。

いずれにしても、一部に言及がある例外的な作品を除くと、デュマはこの時代には手をつけずに世を去ってしまった。

これは、デュマの愛読者にとって、とりわけ、心にロマン的魂を抱えた佐藤賢一のような人間にとって、残念至極のことだったはずだ。

しかし、なにが幸いするかわからない。

こうした絶対的な欠乏感、デュマの手になる革命の物語を読みたかったのに読めなかったという無念の思いが佐藤賢一をして作家にならしめたのだから。

そうなのである。

これは、あくまで想像だが、佐藤賢一は、本来ならデュマが書くべきだった革命とナポレオンの時代の歴史を、「自分で読む」ために「書いた」のだ。「こういうものがあればいいなあ」と思うものを自分で作ってしまう発明家と同じように。

だから、『小説フランス革命』は、さながらデュマが筆を執ったら、かくあらんと思わせるような筆致と方法で書かれている。

その紛れもない証拠が、第1巻『革命のライオン』と第2巻『パリの蜂起』において、革命の進行が若き日のカミーユ・デムーランとロベスピエールの視点を借りて描かれていることである。

これは、デュマがしばしば用いた技法で、強烈な野心と自己顕示欲に突き動かされながら、実際には小心でティミッドにしか振る舞えなかった青年（『三銃士』でいえばダルタニャン、『王妃マルゴ』でいえばアンリ四世）が、さまざまな人物や出来事に出会うことで逞《たくま》しい大人へと成長していくというビルドゥングス・ロマンの歴史小説への応用である。たとえば、『革命のライオン』で、「ぎょろりと目ばかり大きく、しかも微妙に湾曲している顔」の「もじゃもじゃ繁る癖毛」の青年カミーユ・デムーラン。彼は恋人リュシルと会話するうちに、プロヴァンスで暴動を巧みに静めたと聞くミラボー伯爵の眩《まばゆ》いばかりの名声を自分の境遇と引き比べ、嫉妬と羨望に身を焦がすが、じつは、佐藤賢一がひそかに自己を同一化し、それと同時に読者をも導こうとしているのは、こうした「野心に燃えた無一物の青年」の視線なのだ。

「カミーユ・デムーランは弁護士だった。きちんと学校を出て、法学士の資格を取り、もってパリの弁護士会に登録された、堂々たる法律家である。が、それで人生を終えるつもりはなかった。

――もっと大物になりたい。

そう志を立てながら、作家業になど手を出してはみたものの、すぐに一山あてられるほど、簡単なものではなかった。いや、だから僕は自分の野心でいうのじゃない。大物というのも、正しく社会に貢献できるという意味で、大物になりたいんだ。

そんな調子で、ぶつぶつやっていたからには、デムーランにとっても全国三部会の触れは、まさに千載一遇の好機だった。ミラボーと同じに、我こそ議員になってやろうと思いつき、議員選挙が始まるや、生まれ故郷のギーズに飛んだのだ」

あるいは、全国三部会議員選挙に落選したデムーランと違って、見事アラス選挙区から当選した生真面目な弁護士マクシミリアン・ドゥ・ロベスピエール。ロベスピエールはヴェルサイユで開催された全国三部会の幕開けの式典に参加して大感激し、十四年前、ルイ・ル・グラン学院を視察したルイ十六世にラテン語の歓迎演説を行ったときの栄光の記憶を蘇《よみがえ》らせるが、ここではさらに雄弁に小説の核となるべき「思想」が語られている。


「私はアルトワ管区とアラス市を代表して、ここにいるのだ。

――つまりは選ばれて、ここにいる。

ヴェルサイユの大地を踏みしめる一歩ごと、足が震えて仕方なかった。それが嫌だというのでなく、ロベスピエールは気分の高揚で、自分が輝いているようにも感じた。

(中略)

社会派として種々の法律問題を取り扱い、日々が充実していないわけでもなかった。もっと金がほしいとか、あるいは地位がほしいとか、その種の不潔な野心となると、かえって忌み嫌うところだ。

――ただ忘れられなかった。

今も記憶のなかで輝いている、あの十七歳の夏の予感――それだけはロベスピエールも決して忘れることができなかった。だから、このままでは終われない。まだ私はなにかしなければならない。

そこに全国三部会の触れが舞いこんできた。歴史的な飢饉《ききん》の惨状に心を痛め、なにかしなければならないと、いっそうの焦りに駆られていた折りだった」

このように、デムーランとロベスピエールが感じていた（と、歴史小説家・佐藤賢一が想像する）「なにかしなければならない」という焦燥感、じつはこれこそが大革命の根源に横たわる心理なのである。

極端にいえば、デムーランやロベスピエールだけではなく、こうした焦燥感に駆られた同世代の青年たちの多くが、全国三部会招集をきっかけに、「これで人生終わりたくない」「もっと大物になってやる」と野心を剝《む》き出しにした瞬間、大革命はすでに「成った」のである。

言い換えれば、フランス革命の原因は国家財政の破綻でも飢饉でもなく、この手のインテリ青年たちの「負けないぞ」という自負心、競争心、焦燥感であったのだ。

これは、近年、人口動態学という学問がさまざまな数字を駆使して証明しようとしていることと見事に一致している。

そうなのだ、大革命は、一人のデムーラン、一人のロベスピエールにより成し遂げられたのではない。無数のデムーラン、無数のロベスピエールの集合的無意識によって成就されたのである。

『小説フランス革命』は、この意味で、個々の英雄たちのドラマであると同時に、それら革命群像の背後に潜む無数のデムーラン、ロベスピエールのドラマとしても読めるのである。

小説フランス革命 1～9巻 関連年表

（■の部分が本巻に該当）

1

1774年5月10日	ルイ16世即位
1775年4月19日	アメリカ独立戦争開始
1777年6月29日	ネッケルが財務長官に就任
1778年2月6日	フランスとアメリカが同盟締結
1781年2月19日	ネッケルが財務長官を解任される
1787年8月14日	国王政府がパリ高等法院をトロワに追放
	――王家と貴族が税制をめぐり対立――
1788年7月21日	ドーフィネ州三部会開催
8月8日	国王政府が全国三部会の召集を布告
8月16日	「国家の破産」が宣言される
8月26日	ネッケルが財務長官に復職
	――この年フランス全土で大凶作――
1789年1月	シェイエスが『第三身分とは何か』を出版

3月23日	マルセイユで暴動
3月25日	エクス・アン・プロヴァンスで暴動
4月27～28日	パリで工場経営者宅が民衆に襲われる（レヴェイヨン事件）
5月5日	ヴェルサイユで全国三部会が開幕
同日	ミラボーが『全国三部会新聞』発刊
6月4日	王太子ルイ・フランソワ死去
6月17日	第三身分代表議員が国民議会の設立を宣言
1789年6月19日	ミラボーの父死去
6月20日	球戯場の誓い。国民議会は憲法が制定されるまで解散しないと宣誓
6月23日	王が議会に親臨、国民議会に解散を命じる
6月27日	王が譲歩、第一・第二身分代表議員に国民議会への合流を勧告
7月7日	国民議会が憲法制定国民議会へと名称を変更
	——王が議会へ軍隊を差し向ける——
7月11日	ネッケルが財務長官を罷免される
7月12日	デムーランの演説を契機にパリの民衆が蜂起

1789年7月14日　パリ市民によりバスティーユ要塞陥落
　——地方都市に反乱が広まる——

7月15日　バイイがパリ市長に、ラ・ファイエットが国民衛兵隊司令官に就任

7月16日　ネッケルがみたび財務長官に就任

7月17日　ルイ16世がパリを訪問、革命と和解

7月28日　ブリソが『フランスの愛国者』紙を発刊

8月4日　議会で封建制の廃止が決議される

8月26日　議会で「人間と市民の権利に関する宣言」（人権宣言）が採択される

9月16日　マラが『人民の友』紙を発刊

10月5～6日　パリの女たちによるヴェルサイユ行進。国王一家もパリに移動

3

1789年10月9日　ギヨタンが議会で断頭台の採用を提案

10月10日　タレイランが議会で教会財産の国有化を訴える

10月19日　憲法制定国民議会がパリに移動

10月29日　新しい選挙法・マルク銀貨法案が議会で可決

11月2日　教会財産の国有化が可決される

4

11月頭　ブルトン・クラブが憲法友の会と改称し、
集会場をパリのジャコバン僧院に置く（ジャコバン・クラブの発足）
11月28日　デムーランが『フランスとブラバンの革命』紙を発刊
12月19日　アッシニャ（当初国債、のちに紙幣としても流通）発売開始
1790年1月15日　全国で83の県の設置が決まる
3月31日　ロベスピエールがジャコバン・クラブの代表に
4月27日　コルドリエ僧院に人権友の会が設立される
（コルドリエ・クラブの発足）
1790年5月12日　パレ・ロワイヤルで1789年クラブが発足
5月22日　宣戦講和の権限が国王と議会で分有されることが決議される
6月19日　世襲貴族の廃止が議会で決まる
7月12日　聖職者の俸給制などを盛り込んだ聖職者民事基本法が成立
7月14日　パリで第一回全国連盟祭
8月5日　駐屯地ナンシーで兵士の暴動（ナンシー事件）
9月4日　ネッケル辞職

5

1790年11月30日	ミラボーがジャコバン・クラブの代表に
12月27日	司祭グレゴワール師が聖職者民事基本法に最初に宣誓
12月29日	デムーランとリュシルが結婚
1791年1月	宣誓聖職者と宣誓拒否聖職者が議会で対立、シスマ（教会大分裂）の引き金に
1月29日	ミラボーが第44代憲法制定国民議会議長に
2月19日	内親王二人がローマへ出立。これを契機に亡命禁止法の議論が活性化
4月2日	ミラボー死去。後日、国葬でパンテオンに偉人として埋葬される
1791年6月20日〜21日	国王一家がパリを脱出、ヴァレンヌで捕らえられる（ヴァレンヌ事件）
1791年6月21日	一部議員が国王逃亡を誘拐にすりかえて発表、廃位を阻止
7月14日	パリで第二回全国連盟祭

6 7 8

7月16日	ジャコバン・クラブ分裂、フイヤン・クラブ発足
7月17日	シャン・ドゥ・マルスの虐殺
1791年8月27日	ピルニッツ宣言。オーストリアとプロイセンがフランスの革命に軍事介入する可能性を示す
9月3日	91年憲法が議会で採択
9月14日	ルイ16世が憲法に宣誓、憲法制定が確定
9月30日	ロベスピエールら現職全員が議員資格を失う
10月1日	新しい議員たちによる立法議会が開幕
11月9日	亡命貴族の断罪と財産没収が法案化
11月16日	ペティオンがラ・ファイエットを選挙で破りパリ市長に
11月25日	宣誓拒否僧監視委員会が発足
12月3日	亡命中の王弟プロヴァンス伯とアルトワ伯が帰国拒否声明 ――王、議会ともに主戦論に傾く――
12月18日	ロベスピエールがジャコバン・クラブで反戦演説

9

初出誌　「小説すばる」二〇〇七年五月号～二〇〇七年八月号

二〇〇八年十一月、集英社より刊行された単行本
『革命のライオン　小説フランス革命Ⅰ』と
『バスティーユの陥落　小説フランス革命Ⅱ』の
二冊を文庫化にあたり再編集し、三分冊しました。
本書はその二冊目にあたります。

佐藤賢一の本

カルチェ・ラタン

時は16世紀。学問の都パリはカルチェ・ラタン。世間知らずの夜警隊長ドニと女たらしの神学僧ミシェルが巻き込まれたある事件とは？　宗教改革の嵐が吹き荒れる時代の青春群像。

佐藤賢一の本

オクシタニア（上・下）

宗教とは、生きるためのものか、死ぬためのものか。13世紀南フランス、豊穣の地オクシタニアに繁栄を築いた異端カタリ派は、十字軍をいかに迎え撃つのか。その興亡のドラマを描く、魂の物語！

集英社文庫

パリの蜂起《ほうき》 小説《しょうせつ》フランス革命《かくめい》2

2011年10月25日 第1刷
2020年10月10日 第2刷

定価はカバーに表示してあります。

著 者 佐藤賢一《さとうけんいち》

発行者 徳永 真

発行所 株式会社 集英社
東京都千代田区一ツ橋2-5-10 〒101-8050
電話 【編集部】03-3230-6095
【読者係】03-3230-6080
【販売部】03-3230-6393(書店専用)

印 刷 凸版印刷株式会社

製 本 凸版印刷株式会社

フォーマットデザイン アリヤマデザインストア マークデザイン 居山浩二

ISBN978-4-08-746748-2 C0193